Eine Warnung an die Neugierigen
und andere Geistergeschichten

Thomas M. Meine

Eine Warnung an die Neugierigen und andere Geistergeschichten

Nach dem Buch
'A Warning to the Curious
and other Ghost stories'
von Dr. M.R. James,
erschienen im Jahre 1925

Bibliografische Information der Deutschen Nationalbibliothek:
Die Deutsche Nationalbibliothek verzeichnet diese Publikation in
der Deutschen Nationalbibliografie; detaillierte bibliografische
Daten
sind im Internet über http://dnb.dnb.de abrufbar.

INHALT

Erläuternde Endnoten findet man ab Seite 194 im Buch – im Text mit *) markiert. Manche Erklärungen wurden dagegen direkt in den Text eingearbeitet [...]

DANKKSAGUNGEN

Die erste dieser Geschichten wurde für die Bibliothek des Puppenhauses der Königin *1) geschrieben und in diesem Buch abgedruckt; ich bin dankbar für die gnädige Erlaubnis Ihrer Majestät, sie in diesem Band abdrucken zu dürfen.

Für ähnliche Erlaubnisse der Redakteure von Atlantic Monthly, Empire Review, London Mercury und Eton Chronic bedanke ich mich.

M. R. JAMES, September 1925.

SPUK IM PUPPENHAUS

»Ich nehme an, dass Sie solches Zeug ziemlich oft in die Finger bekommen«, sagte Mr. Dillet, ein in England lebender Amerikaner, während er mit seinem Stock auf ein Objekt zeigte, das zu gegebener Zeit beschrieben werden wird. Es war nicht wahr, was er da sagte, und er wusste selbst, dass er gelogen hatte.

Nicht ein einziges Mal in zwanzig Jahren, vielleicht nicht ein einziges Mal in seinem Leben, konnte der Antiquitätenhändler Mr. Chittenden, der vergessene Schätze von einem halben Dutzend Grafschaften aufzuspüren wusste, damit rechnen, einmal ein solches Exemplar im Laden zu haben.

'Das übliche Verhandlungsgeschwätz eines Sammlers', dachte Mr. Chittenden, der an solche Dinge gewöhnt war.

»Solches Zeug, Mr. Dillet! Was sagen Sie da?«, gab er scharf zurück. »Es ist ein Museumsstück, das ist es ohne Zweifel.«

»Nun ja, ich nehme an, es gibt Museen, die alles Mögliche hereinnehmen«, bekam er als Antwort.

»Ich habe vor Jahren eines gesehen, das an aber dieses keineswegs heranreicht«, sagte Mr. Chittenden gedankenvoll und ohne weiter auf Mr. Dillon einzugehen, »aber das wird wohl kaum auf den Markt kommen, und ich habe gehört, dass es auf der anderen Seite des Atlantiks auch einige schöne Exemplare aus dieser Zeit geben soll.«

»Ich bin ehrlich mit Ihnen, Mr. Dillett. Wenn Sie mir einen uneingeschränkten Auftrag erteilen würden, das beste zu finden, das zu bekommen ist – und Sie wissen, dass ich die Möglichkeiten habe, so etwas aufzuspüren und auch einen Ruf zu wahren habe – dann würde ich sie direkt zu diesem Exemplar hier führen und sagen: 'Ich kann nichts Besseres für Sie tun, Sir.'«

»Hört hört!«, sagte Mr. Dillet und applaudierte ironisch mit dem Ende seines Stocks, mit dem er auf dem Boden klopfte. »Wie viel verlangen Sie von einem lauteren amerikanischen Käufer dafür, hm?«

8

»Oh, ich werde nicht zu hart mit dem Käufer sein, ob Amerikaner oder nicht.«

»Sehen Sie, es ist so, Mr. Dillet – wenn ich nur ein bisschen mehr über die Herkunft wüsste ...«

»Oder vielleicht auch nur ein bisschen weniger«, warf Mr. Dillet ein.

»Ha, ha! Sie belieben wohl zu scherzen, Sir. Nein, aber wie gesagt, wenn ich nur ein wenig mehr über das Stück wüsste, dann wäre der Preis, den ich verlange, ein ganz anderer.«

»Wie jeder selbst sehen kann, ist es echt«, fuhr er fort – »durch und durch. Niemandem habe ich erlaubt, es auch nur anzufassen, seit es in den Laden gekommen ist.«

»Und wie viel wäre das? Fünfundzwanzig?«

»Multiplizieren Sie das mit drei und Sie haben es, Sir. Fünfundsiebzig ist mein Preis.«

»Und fünfzig ist meiner«, sagte Mr. Dillet.

Man einigte sich natürlich irgendwo dazwischen; es ist nicht so wichtig, wo genau – ich denke sechzig Guineen *2). Wie auch immer, eine halbe Stunde später war das Objekt verpackt, und noch innerhalb derselben Stunde hatte Mr. Dillet es in seinem Auto abgeholt und war damit weggefahren.

Mr. Chittenden, der den Scheck in der Hand hielt, verabschiedete sich lächelnd von ihm und kehrte – immer noch mit einem Lächeln auf seinem Gesicht – zum Salon zurück, wo seine Frau gerade den Tee vorbereitete.

An der Tür blieb er stehen.

»Es ist weg«, sagte er.

»Gott sei Dank!«, erwiderte Mrs. Chittenden und stellte die Teekanne ab.

»Das war Mr. Dillet, nicht wahr?«

»Ja, das war er.«

»Nun, besser er ist es als ein anderer Kunde.«

»Oh, ich weiß nicht, er ist kein übler Kerl, meine Liebe.«

»Vielleicht nicht, aber meiner Meinung nach ist er einer derjenigen, die ein wenig mehr Aufregung vertragen können«, sagte Mrs. Chittenden.

»Nun, wenn du das denkst ... Ich meine, er hat die Dinge selbst herausgefordert und wollte es unbedingt haben. Jedenfalls sind wir es los, wofür wir ihm dankbar sein müssen.«

Dann setzten sich Mr. und Mrs. Chittenden an den Tisch und tranken ihren Tee.

Und was war nun mit Mr. Dillet und seiner neuen Errungenschaft?

Was es war, wird Ihnen der Titel dieser Geschichte verraten haben. Wie es war, werde ich so gut wie möglich beschreiben müssen.

Im Wagen war gerade noch Platz genug dafür, und Mr. Dillet konnte nur noch vorne neben dem Fahrer sitzen. Außerdem war dieser gezwungen langsam fahren, denn obwohl alle Zimmer des Puppenhauses sorgfältig mit weicher Watte ausgestopft waren, mussten Erschütterungen vermieden werden, angesichts der vielen kleinen Gegenstände, die sich darin drängten.

Die zehn Meilen lange Fahrt war für ihn, trotz aller Vorsichtsmaßnahmen, eine unruhige Zeit. Schließlich war man an der Haustür angekommen, und Collins, der Butler, kam heraus.

»Hören Sie, Collins, Sie müssen mir mit diesem Ding hier helfen – das ist eine heikle Sache. Wir müssen es aufrecht stehend herausholen, verstehen Sie? Es ist voller kleiner Sachen, die wir möglichst nicht durcheinanderbringen sollten.«

»Mal sehen, wo sollen wir es hinstellen?«, sagte er nach einer Bedenkpause. »Wirklich, ich glaube, wir sollten es in mein Privatzimmer bringen, jedenfalls für den Anfang, und dort auf den großen Tisch – ja so machen wir das.«

Schließlich wurde es mit reichlich Gedöns in das geräumige Zimmer von Mr. Dillet im ersten Stock gebracht, von dem aus man auf die Auffahrt blicken konnte.

Die Folie für den Transport wurde entfernt und die Vorderseite geöffnet. In den nächsten ein oder zwei Stunden war dann Mr. Dillet damit beschäftigt, die Schutzpolsterungen zu entfernen und den Inhalt der Zimmer zu ordnen.

Als diese für ihn recht angenehme Aufgabe beendet war, muss ich sagen, dass es schwierig gewesen wäre, ein perfekteres und attraktiveres Exemplar eines Puppenhauses im Stil der Gotik von Strawberry-Hill **3a)** zu finden, als jenes, das jetzt auf Mr. Dillets großem Schreibtisch stand, beleuchtet von der Abendsonne, die schräg durch drei hohe Schiebefenster hereinkam.

Es war ziemlich genau sechs Fuß lang, einschließlich der Kapelle oder auch Gebetsraum, die, wenn man ihm gegenüberstand, die linke Flanke der Vorderseite bildete, mit dem Stall am Ende der rechten Seite.

Der Hauptteil des Hauses war, wie ich schon sagte, im gotischen Stil gehalten, d. h. die Fenster hatten Spitzbögen und ebensolche Ziergiebel, mit kreuzblumenartigen Kapitälverzierungen, wie man sie auf den Dächern von Grabstätten findet, die in Kirchenmauern eingebracht sind.

12

In den Winkeln befanden sich seltsame Türmchen, die mit gewölbten Platten bedeckt waren. Die Kapelle hatte Fialen und Strebepfeiler, eine Glocke im Turm und farbiges Glas in den Fenstern.

Wenn man die Vorderseite des Hauses öffnete, sah man vier große Zimmer – Schlafzimmer, Esszimmer, Salon und Küche, jedes mit den dafür geeigneten Möbeln in einem sehr kompletten Zustand.

Der Stall auf der rechten Seite war zweistöckig, mit einer entsprechenden Anzahl von Pferden, Kutschen und Stallknechten und mit einer Uhr und einer gotischen Kuppel für die Uhrenglocke.

Über die sonstige Ausstattung des Hauses – wie viele Bratpfannen, wie viele vergoldete Stühle, welche Gemälde, Teppiche, Kronleuchter, Himmelbetten, Tischwäsche, Glas, Geschirr und Servierplatten vorhanden waren – könnte man ein ganzes Buch füllen, aber all das muss der Fantasie des Lesers überlassen bleiben.

Ich will lediglich erwähnen, dass der Sockel, auf dem das Haus stand, eine recht ordentliche Tiefe hatte und eine Treppe zur Eingangstür und eine teilweise mit einem Geländer versehene Terrasse ermöglichte.

Dieser Unterbau war auch groß genug für mehrere flache Schubladen, in denen, fein säuberlich geordnet, gestickte Vorhänge, Kleider für die Bewohner und, kurz gesagt, alle Materialien aufbewahrt wurden, die unzählige Variationen und Umgestaltungen der reizvollsten und interessantesten Art ermöglichten.

»Es hatte die Züge von Horace Walpole **3b)**, ja, das ist es. Er muss etwas mit der Herstellung zu tun gehabt haben«, murmelte Mr. Dillet, als er in ehrfürchtiger Verzückung davor kniete.

»Einfach wundervoll; das ist heute mein Tag, das ist sicher.«

'Fünfhundert Pfund kamen heute Morgen für die Vitrine herein, die mich nie so recht interessiert hat', dachte er sich, 'und nun fällt mir dieses Ding für höchstens ein Zehntel dessen in die Hände, was es in der Stadt kosten würde. Nun denn! Man bekommt fast Angst, dass etwas passiert könnte und dieses Glück wieder kaputtmacht.'

'Schauen wir uns doch einmal die Bewohner an', sagte er zu sich selbst.

Er stellte sie in einer Reihe vor sich auf. Auch hier böte sich eine Gelegenheit, die manche nutzen würden, um eine Inventur der Kostüme zusammenzustellen; ich bin dazu nicht in der Lage.

Da gab es einen Herrn und eine Dame; er im blauen Satin, sie in Brokatkleid und auch zwei Kinder – ein Junge und ein Mädchen. Dazu eine

14

Köchin, ein Kindermädchen, ein Lakai, die Stallknechte, zwei Postillione, ein Kutscher, sowie zwei Reitknechte.

Sonst noch jemand? Ja, vielleicht ...

Die Vorhänge des Himmelbetts im Schlafzimmer waren an vier Seiten dicht zugezogen. Er steckte einen Finger hindurch und tastete im Bett.

Hastig zog er den Finger wieder zurück, denn er hatte fast den Eindruck, es hätte sich etwas gerührt, als er darauf herumdrückte – vielleicht nicht gerührt, sondern nachgegeben – auf eine seltsam lebendige Weise.

Daraufhin zog er die Vorhänge beiseite, die ordentlich auf Stangen liefen. Und siehe da, er konnte einen weißhaarigen alten Herrn in einem langen leinenen Nachthemd und einer Mütze aus dem Bett holen, den er neben die anderen hinlegte.

Jetzt waren alle zusammen, die zur Geschichte gehören.

Da die Zeit des Abendessens nahte, verbrachte Mr. Dillet schnell noch fünf Minuten damit, um die Dame und die Kinder in den Salon, den Herrn in das Esszimmer, die Diener in die Küche und die Ställe und den alten Mann zurück in sein Bett zu bringen.

Nach dem Essen zog er sich in sein Ankleidezimmer nebenan zurück, und wir sahen und hörten nichts mehr von ihm, bis es etwa elf Uhr nachts war.

Er hatte die Angewohnheit, umgeben von einigen der Prachtstücke in seiner Sammlung zu schlafen. Der große Raum, in dem wir ihn gesehen haben und in dem er gelegentlich schrieb, oft saß und sogar Besucher empfing, beherbergte sein Himmelbett, das selbst ein wertvoller Schatz war.

Bad, Kleiderschrank und was sonst noch zum Ankleiden benötigt wurde, befanden sich in einem geräumigen Nebenzimmer.

Als er sich an diesem Abend zur Ruhe begab, war er in einer höchst zufriedenen Stimmung.

Es gab keine schlagende Uhr in Hörweite, die seinen Schlaf hätte stören können – weder im Treppenhaus noch im Stall noch im entfernten Kirchturm. Dennoch ist es unzweifelhaft, dass Mr. Dillet durch das Läuten einer Glocke, die ein Uhr schlug, aus einem sehr angenehmen Schlummer gerissen wurde.

Er war so erschrocken, dass er erst atemlos und mit weit aufgerissenen Augen dalag und sich dann im Bett aufrichtete. Aber erst als die Morgenstunden kamen, dachte er erstmals daran, wie es sein konnte, dass er das Puppenhaus auf dem großen Schreibtisch in aller Deutlichkeit

16

sehen konnte, obwohl überhaupt kein Licht im Raum war.

Aber es war so. Es wirkte, als ob ein heller Herbstmond voll auf die Fassade eines großen weißen Steinhauses scheinen würde – vielleicht eine Viertelmeile entfernt von ihm – und doch war jedes Detail äußerst scharf erkennbar.

Es gab Bäume in der Nähe – Bäume, die sich hinter der Kapelle und dem Haus erhoben. Er schien sogar den Geruch einer kühlen, stillen Septembernacht wahrzunehmen und glaubte, gelegentliches Stampfen und Klirren aus den Ställen zu hören, als würden sich die Pferde bewegen.

Und dann erlebte er einen richtigen Schock, als ihm bewusst wurde, dass er oberhalb des Hauses nicht auf die Wand seines Zimmers mit den Gemälden blickte, sondern in das tiefe Blau eines Nachthimmels.

In den Fenstern brannten mehrere Lichter, und er erkannte schnell, dass es sich nicht mehr um ein Haus mit vier Zimmern und einer beweglichen Fassade handelte, sondern hier stand jetzt auf einmal eines mit vielen Zimmern und Treppen – ein reales Haus, aber wie durch das falsche Ende eines Fernglases gesehen.

»Ihr wollt mir etwas zeigen«, murmelte er vor sich hin und starrte gebannt auf die erleuchteten Fenster. Im richtigen Leben wären sie zweifellos

17

verriegelt oder mit Vorhängen verdeckt gewesen, dachte er, aber so wie es war, gab es nichts, was ihm den Blick auf das, was in den Räumen vor sich ging, verwehrte.

Zwei dieser Räume waren beleuchtet, einer im Erdgeschoss rechts von der Tür, einer im Obergeschoss links – der erste sehr hell, der andere eher schwach.

Das untere Zimmer war das Esszimmer; ein Tisch war gedeckt, aber das Essen schien beendet worden zu sein, da nur noch Wein und Gläser auf dem Tisch standen.

Der Mann im blauen Satin und die Frau im Brokatkleid waren allein im Zimmer und führten ein ernstes Gespräch. Dicht beieinander saßen sie am Tisch, die Ellbogen darauf gestützt und hielten hin und wieder inne, um zu lauschen, wie es schien. Einmal stand er auf, ging zum Fenster, öffnete es, steckte den Kopf heraus und legte die Hand an sein Ohr.

Auf einer Anrichte brannte eine schlanke Kerze in einem silbernen Leuchter. Als der Mann vom Fenster wegging, schien er auch den Raum zu verlassen. Die Dame nahm die Kerze und blieb mit dieser in der Hand stehen und lauschte. Der Ausdruck auf ihrem Gesicht war der einer Frau, die mit allen Mitteln versucht, eine Angst zu unterdrücken, die sie zu beherrschen droht – und es schließlich schafft. Es war ein hasserfülltes Gesicht, breit, flach und durchtrieben.

18

Jetzt kam der Mann zurück. Sie nahm ihm eine Kleinigkeit ab und eilte aus dem Zimmer.

Auch er verschwand wieder aus dem Blickfeld, aber nur für einen oder zwei Augenblicke, denn langsam öffnete sich die Haustür, und er trat heraus, stellte sich oben auf die Plattform und schaute hin und her. Dann wandte er sich dem oberen Fenster zu, das erleuchtet war, und schüttelte seine Faust.

Es war an der Zeit, einen Blick auf das obere Fenster zu werfen. Durch dieses hindurch sah man ein Himmelbett, eine Krankenschwester – oder eine andere Bedienstete – in einem Sessel, die offensichtlich fest schlief.

Im Bett lag ein alter Mann, wach und man könnte sagen, ängstlich, so wie er sich herumbewegte und nervös mit den Fingern auf die Bettdecke klopfte.

Hinter dem Bett öffnete sich eine Tür. An der Decke konnte man die Reflexion eines Kerzenlichts erkennen, und die Dame trat ein. Sie stellte ihre Kerze auf einem Tisch ab, kam zum Kamin und weckte die Schwester. In der Hand hielt sie eine altmodische Weinflasche, die bereits entkorkt war.

Die Pflegerin nahm sie, goss etwas von dem Inhalt in eine kleine silberne Kanne, fügte etwas Gewürz und Zucker aus den Streuern auf dem Tisch hinzu und stellte sie zum Wärmen über das Feuer.

Währenddessen winkte der alte Mann im Bett schwach der Dame zu, die lächelnd zu ihm kam. Sie nahm sein Handgelenk, als wolle sie seinen Puls fühlen und biss sich auf die Lippen, als sei sie erschrocken.

Er sah sie ängstlich an, deutete dann auf das Fenster und sagte etwas. Sie nickte und tat, was der Herr vorher unten im Erdgeschoss getan hatte; sie öffnete den Fensterflügel und lauschte – vielleicht etwas zu betont zur Schau gestellt – dann zog sie den Kopf zurück, schüttelte ihn und sah den alten Mann an, der zu seufzen schien.

Inzwischen dampfte das Heißgetränk auf dem Feuer, und die Krankenschwester goss es in ein kleines silbernes Behältnis mit zwei Henkeln und brachte es an das Bett.

Der alte Mann schien es nicht zu mögen und winkte ab, aber die Dame und die Pflegerin beugten sich gemeinsam über ihn und drängten es ihm offensichtlich auf. Er muss nachgegeben haben, denn gemeinsam halfen sie ihm in eine sitzende Position und brachten es an seine Lippen. Nachdem er das meiste davon in mehreren Schlucken getrunken hatte, legten ihn wieder hin.

Die Dame verließ das Zimmer, lächelte ihm zu und nahm die Kanne, die Flasche und das silberne Behältnis mit und die Krankenschwester kehrte zum Stuhl zurück. Danach herrschte für eine Zeit lang völlige Ruhe.

20

Plötzlich richtete sich der alte Mann in seinem Bett auf – und er muss einen Schrei ausgestoßen haben, denn die Schwester sprang von ihrem Stuhl auf, machte aber nur einen Schritt hin zum Bett. Er bot einen traurigen und schrecklichen Anblick – das Gesicht errötet, fast bis zur Schwärze, die Augen weiß glühend, Schaum auf den Lippen und er presste beide Hände an sein Herz.

Einen Augenblick ließ ihn die Pflegerin allein, lief zur Tür, riss sie weit auf und schrie wohl laut um Hilfe; dann eilte sie zurück zum Bett und schien fieberhaft zu versuchen, ihn zu beruhigen – ihn hinzulegen – einfach irgendetwas zu tun.

Doch als die Dame, ihr Mann und mehrere Bedienstete mit entsetzten Gesichtern ins Zimmer stürmten, brach der alte Mann unter den Händen der Krankenschwester zusammen. Er legte sich zurück; die vor Qual und Wut verzerrten Gesichtszüge entspannten sich und kamen langsam zur endgültigen Ruhe.

Nur wenige Augenblicke später tauchten links vom Haus Lichter auf, und eine Kutsche mit Fackeln fuhr vor die Tür. Ein schwarz gekleideter Mann mit weißer Perücke und einem kleinen Aktenkoffer in der Hand schoss heraus und lief die Treppe hoch.

In der Tür kamen ihm der Mann und seine Frau entgegen, sie mit einem Taschentuch in der Hand, er mit tragischem Gesicht, aber beherrscht. Sie führten den Neuankömmling in den Speisesaal, wo er seinen Koffer mit Papieren auf den Tisch stellte und, zu ihnen gewandt, mit fassungslosem Gesicht zuhörte, was sie zu erzählen hatten.

Er nickte immer wieder mit dem Kopf, streckte leicht die Hände aus, und lehnte, wie es schien, das Angebot einer Erfrischung und einer Unterkunft für die Nacht ab. Dann, wenige Minuten später, kam er langsam die Treppe hinunter, stieg in die Kutsche und fuhr auf dem Weg zurück, auf dem er gekommen war.

Als ihn der in blauem Satin gekleidete Mann vom oberen Ende der Treppe aus beobachtete, stahl sich langsam ein unangenehm anzuschauendes Lächeln über sein fettes weißes Gesicht; Dunkelheit legte sich über die ganze Szene, als die Lichter der Kutsche verschwanden.

Mr. Dillet blieb im Bett sitzen; er hatte mit Recht vermutet, dass es eine Fortsetzung geben würde, denn bald konnte man die leuchtende Hausfassade wieder deutlich sehen.

Aber jetzt gab es einen Unterschied. Die Lichter befanden sich in anderen Fenstern, eines davon im oberen Teil des Hauses, das andere beleuchtete die Reihe der farbigen Fenster der Kapelle.

Wie er durch diese farbigen Fenster sehen konnte, ist nicht ganz klar, aber er tat es. Der

22

Innenraum war ebenso sorgfältig eingerichtet wie der Rest des Hauses, mit seinen winzigen roten Kissen auf den Bänken, seinem gotischen Chorgestühl, seiner linken Empore mit der zugespitzten Orgel mit goldenen Pfeifen.

In der Mitte des schwarz-weißen Steinbodens stand eine Bahre, an deren Ecken vier Kerzen auf hohen Ständern brannten. Auf der Bahre stand ein Sarg, der mit schwarzem Samt bedeckt war.

Als er hinschaute, bewegten sich die Falten des Grabtuchs. Es schien sich an einem Ende zu heben; es rutschte nach unten; es fiel weg und gab den schwarzen Sarg mit den silbernen Griffen und dem Namensschild frei.

Einer der Kerzenständer schwankte und kippte um; es schien, als hätte sich etwas aus dem Sarg herausgeschlichen ...

Fragen Sie nicht weiter, lieber Leser, sondern drehen Sie sich um, wie Mr. Dillet es eilig tat, und schauen Sie zum erleuchteten Fenster im oberen Teil des Hauses, wo ein Junge und ein Mädchen in zwei Klappbetten lagen, überragt von dem dahinter stehenden Himmelbett des Kindermädchens.

Das Kindermädchen war im Moment nicht zu sehen, aber der Vater und die Mutter waren da, jetzt in Trauerkleidung, aber mit sehr wenig Anzeichen von Trauer in ihrem Verhalten. Sie lachten und unterhielten sich angeregt, manchmal miteinander, manchmal mit einer an die Kinder

23

gerichteten Bemerkung, und lachten über die Antworten.

Dann sah man den Vater auf Zehenspitzen aus dem Zimmer gehen. Er nahm einen weißen Umhang mit, der an einem Haken neben der Tür hing, und schloss die Tür hinter sich.

Ein oder zwei Minuten später wurde sie langsam wieder geöffnet, und ein vermummter Kopf lugte herein. Eine gekrümmte, unheimliche Gestalt schritt zu den Betten hinüber, blieb plötzlich stehen, warf die Arme hoch und entpuppte sich – natürlich – als der Vater, der heftig lachte.

Die Kinder waren zu Tode erschrocken, der Junge zog sich das Bettzeug über dem Kopf, während das Mädchen aus dem Bett sprang und sich in die Arme der Mutter warf.

Es folgten Versuche, sie zu trösten – die Eltern nahmen die Kinder auf den Schoß, streichelten sie, hoben den weißen Umhang auf, um ihnen zu zeigen, dass darin nichts Schlimmes verborgen sei.

Schließlich legten sie die Kinder wieder ins Bett und verließen das Zimmer mit aufmunternden Handbewegungen. Als sie gingen, kam das Kindermädchen herein, und bald erlosch das Licht.

Mr. Dillet sah immer noch unbeweglich hin.

Eine neue Art von Licht – nicht von einer Lampe oder Kerze – ein blasses, hässliches Licht, begann um den Türkasten an der Rückseite des Raumes herum zu dämmern.

Die Tür öffnete sich wieder. Mr. Dillet wolle später nicht näher darauf eingehen, was er in den Raum eintreten sah: Er sagt, es sei wie eine Kröte von der Größe eines Mannes gewesen, aber mit spärlichem weißen Haar auf dem Kopf. Er hatte sich kurz an den Kinderbetten zu schaffen gemacht.

Zugleich hörte man den Klang von Schreien – schwach, als kämen sie aus weiter Ferne, aber dennoch unendlich entsetzlich.

Überall im Haus gab es Anzeichen einer schrecklichen Aufregung; Lichter gingen hin und her, Türen öffneten und schlossen sich, und Gestalten eilten an den Fenstern entlang.

Als die Uhr auf dem Türmchen eins schlug, brach die Dunkelheit wieder herein, lies aber noch genug Licht, um die Hausfassade zu zeigen.

Am Fuß der Treppe sah man in zwei Reihen aufgestellte, dunkle Gestalten, die brennende Fackeln in den Händen hielten. Weitere dunkle Gestalten kamen die Treppe hinunter und trugen erst einen, dann einen weiteren kleinen Sarg hinaus, und die Reihen der Fackelträger, mit den

25

Särgen zwischen ihnen, bewegten sich lautlos nach links.

Die Stunden der Nacht vergingen – so langsam wie noch nie, dachte Mr. Dillet.

Allmählich sank er in seinem Bett vom Sitzen ins Liegen – aber er schloss kein Auge, und am nächsten Morgen schickte er nach dem Arzt.

Der Arzt stellte fest, dass er sich seine Nerven in einem beunruhigenden Zustand befanden, und empfahl ihm Seeluft. Er entschloss sich deshalb, mit seinem Auto in gemächlichen Etappen zu einem ruhigen Ort an der Ostküste zu reisen.

Einer der ersten Menschen, denen er dort begegnete, war ausgerechnet Mr. Chittenden, dem offenbar geraten wurde, seine Frau ebenfalls zur Erholung fortzubringen.

Mr. Chittenden schaute ihn bei ihrem Zusammentreffen etwas argwöhnisch an, und das nicht ohne Grund.

»Nun, ich wundere mich nicht, dass Sie ein wenig aufgebracht sind, Mr. Dillet, nicht wahr? Ja, nun, ich würde sagen, schrecklich aufgebracht, wenn ich daran denke, was meine arme Frau und ich selbst durchgemacht haben.«

26

»Aber ich frage Sie, Mr. Dillet, ob ich so ein schönes Stück einfach wegschmeißen oder ob ich den Kunden sagen soll: 'Ich verkaufe Ihnen ein regelrechtes Palastdrama aus der alten Zeit, wie man es im Kino sieht, und das regelmäßig um ein Uhr nachts aufgeführt wird?' Was hätten Sie denn selbst gesagt?«

»Und als Nächstes, wissen Sie, wären zwei Friedensrichter ins Haus gekommen, und Mr. und Mrs. Chittenden würden in einem vergitterten Wagen in die örtliche Irrenanstalt gebracht. Jeder auf der Straße würde dann sagen: 'Ah, ich dachte mir schon, dass es so weit kommen würde. Seht euch doch an, wie der Mann getrunken hat!' Gerade ich, Mr. Dillet – fast ein Abstinenzler, der sich ab und zu mal ein oder zwei Gläschen gegönnt hat.«

»Nun, das war meine Lage.«

»Und was jetzt?«, fuhr er fort. »Soll ich es zurück in den Laden nehmen? Na, was denken Sie denn?«

»Nein, aber ich sage Ihnen, was ich tun werde. Sie sollen ihr Geld zurückbekommen, abgesehen von den zehn Pfund, die ich dafür bezahlt habe, und Sie machen damit, was Sie wollen.«

Später am Tag, in dem, was verächtlich als 'Raucherzimmer' des Hotels bezeichnet wird, unterhielten sich die beiden im Flüsterton eine Zeit lang weiter.

»Wie viel wissen Sie wirklich über dieses Ding und woher kommt es?«, fragte Mr. Dillet.

»Ehrlich, Mr. Dillet, ich erkenne darin nicht das Gebäude wieder, das es darstellen soll. Natürlich stand dieses Puppenhaus in der Abstellkammer irgendeines Landhauses – das kann sich jeder denken. Aber ich gehe so weit, zu sagen, dass ich glaube, dass es keine hundert Meilen von diesem Ort entfernt ist. In welcher Richtung und wie weit genau, das weiß ich nicht; ich kann da nur raten.«

»Der Mann, dem ich den Scheck gegeben habe, gehört nicht zu meinen regulären Lieferanten, und ich habe ihn aus den Augen verloren. Ich habe aber die Vermutung, dass er in diesem Teil des Landes seine Sachen beschafft; und das ist alles, was ich sagen kann.«

»Aber jetzt, Mr. Dillet, gibt es eine Sache, die mich ziemlich verwirrt – dieser alte Kerl, ich nehme an, Sie haben gesehen, wie er mit der Kutsche vorgefahren ist. Sie haben ihn doch auch gesehen? – ja, das dachte ich mir.«

»Nun, meinen Sie, das war das der Arzt gewesen?«

»Meine Frau denkt das, aber ich bleibe dabei, dass es der Notar war, denn er hatte Papiere mit sich gebracht, und eines, das er herausnahm, war zusammengefaltet.«

28

»Ich stimme Ihnen zu«, sagte Mr. Dillet. »Auch ich habe darüber nachgedacht und bin zu dem Schluss gekommen, dass es sich um das vorbereitete Testament des alten Mannes handelte, bei dem nur noch die Unterschrift fehlte.«

»Genau das meinte ich auch«, sagte Mr. Chittenden, »und ich nahm auch an, dass dieses Testament die jungen Leute vom Erbe ausschließen würde, nicht wahr?«

»Nun, ja! Das alles war mir eine Lehre, das weiß ich«, fuhr er fort. Ich werde keine Puppenhäuser mehr ankaufen und kein Geld mehr für Gemälde verschwenden – und was die Sache mit dem vergifteten Großvater angeht: Nun, für so etwas hatte ich noch nie viel übrig gehabt. Leben und leben lassen, das ist schon immer mein Motto gewesen, und ich bin nicht schlecht damit gefahren.«

Von diesen erhabenen Gefühlen erfüllt, zog sich Mr. Chittenden in seine Unterkunft zurück.

Am nächsten Tag begab sich Mr. Dillet in das örtliche Archiv, wo er hoffte, einen Anhaltspunkt für das Rätsel zu finden, das ihn so stark beschäftigte.

Verzweifelt starrte auf eine lange Reihe mit den Kirchenbüchern des Distrikts, die von der Canterbury and York Society herausgegeben wurden. Keine einzige Abbildung, die dem Haus seines Albtraums ähnelte, war unter den

29

historischen Drucken, die im Treppenhaus und in den Gängen hingen.

Entmutigt fand er sich schließlich in einem heruntergekommenen Raum wieder und starrte auf ein verstaubtes Modell einer Kirche in einem verstaubten Glaskasten, auf dem ein Schild abgebracht war: *Modell der St. Stephen's Church, Coxham. Vermacht von J. Merewether, Esq., von Ilbridge House, 1877. Das Werk seines Vorfahren James Merewether, gestorben 1786.*

Irgendwie erinnerte es ihn an den Schauplatz seines Schreckens. Er richtete seine Schritte zu einer Wandkarte, die ihm vorher aufgefallen war, und stellte fest, dass Ilbridge House zur Gemeinde Coxham gehörte. Coxham war zufällig eine der Gemeinden, deren Namen er sich gemerkt hatte, als er einen Blick auf die gedruckten Register geworfen hatte.

Und so dauerte es nicht lange, bis er darin Aufzeichnungen über einen gewissen Roger Milford fand, der im Alter von 76 Jahren gestorben war und am 11. September 1757, beigesetzt wurde. Kurz darauf, am 19. des gleichen Monats, wurden Roger und Elizabeth Merewether im Alter von 9 bzw. 7 Jahren beerdigt.

Es schien sich zu lohnen, diesem Hinweis nachzugehen, so schwach er auch war, und am Nachmittag fuhr er nach Coxham hinaus.

30

Am rechten Ende des vorderen Seitenschiffs der Kirche stieß er auf eine Milfords-Kapelle, an deren Hinterwand sich Gedenktafeln befinden, die dieser Sippe gewidmet sind.

Der Inschrift nach, zeichnete sich Roger Milford offenbar durch all die Eigenschaften aus, 'die den Vater, den Magistrat und den Menschen zieren.' Das Denkmal wurde von seiner anhänglichen Tochter Elizabeth errichtet. Dort stand zu lesen: 'Sie hatte den Verlust eines Elternteils, der sich stets um ihr Wohlergehen sorgte, und zweier liebenswerter Kinder von ihr, nicht lange überlebt'.

Der letzte Satz war offensichtlich ein späterer Zusatz zur ursprünglichen Inschrift.

Eine spätere Tafel bezieht sich auf James Merewether, dem Ehemann von Elizabeth, 'der im Frühling seines Lebens nicht ohne Erfolg jene Architekturkünste praktizierte, die ihm, hätte er sie weiter ausgeübt, nach Meinung der kompetentesten Kenner den Namen des 'britischen Vitruvius' *4) eingebracht hätten, aber erschüttert von der Heimsuchung, die ihn einer liebevollen Partnerin und einer aufblühenden Nachkommenschaft beraubte, verbrachte er die frühen Jahre seines Lebens und sein Alter in einem abgelegenen, aber eleganten Ruhestand: Sein dankbarer Neffe und Erbe zeigt seinen frommen Kummer durch diese allzu kurze Aufzählung seiner Vorzüge.'

Den Kindern wurde hingegen weitaus einfacher gedacht: 'Beide starben in der Nacht auf den 12. September.'

Es war wohl der Großvater gewesen, der sich als Geist an Tochter und Schwiegersohn gerächt hatte.

Mr. Dillet war sich zunächst sicher, dass er in Ilbridge House den Schauplatz seines Dramas, gefunden hatte. In einem alten Skizzenbuch oder auch in einem alten Druck, wird er möglicherweise noch einen überzeugenderen Beweis dafür finden, dass er recht hat. Aber das Ilbridge House von heute war doch nicht das, was er gesucht hatte; es ist ein elisabethanisches Gebäude aus den 1840er Jahren, aus rotem Backstein, mit Ecksteinen und Verzierungen.

Jedoch, eine Viertelmeile davon entfernt, in einem tiefer gelegenen Teil des Parks, der von uralten, wie Geweihe nach oben strebenden, efeubewachsenen Bäumen und dichtem Gestrüpp umgeben ist, befinden sich die Reste einer terrassenförmig angelegten Plattform, die mit wild wachsendem Gras überwuchert ist.

Hier und da liegen ein paar steinerne Balustraden und ein oder zwei mit Brennnesseln und Efeu bewachsene Haufen aus Mauerresten mit schlecht gemeißelten Kränzen herum. Jemand erzählte Mr. Dillet, dass dies hier einmal ein älteres Haus gestanden hatte.

Als er aus dem Dorf fuhr, schlug die Rathausuhr vier. Mr. Dillet schreckte hoch und hielt sich die Hände an die Ohren. Es war nicht das erste Mal, dass er diese Glocke gehört hatte ...

In Erwartung eines Angebots von der anderen Seite des Atlantiks liegt das Puppenhaus noch immer sorgfältig verpackt auf einem Dachboden über Mr. Dillets Ställen, wohin Collins es an dem Tag brachte, als Mr. Dillet zur Erholung an die Küste aufgebrochen war.

DAS UNGEWÖHNLICHE GEBETBUCH

--- Man wird vielleicht nicht zu Unrecht sagen, dass dies nur die Umgestaltung einer früheren Geschichte von mir mit dem Titel *The Mezzotint* ist. Ich kann nur hoffen, dass es genügend Veränderungen in der neuen Fassung gibt, um die Wiederholung des Motivs erträglich zu machen ---

I.

Mr. Davidson verbrachte die erste Januarwoche vollkommen allein in einer Stadt auf dem Land. Das Zusammentreffen mehrerer Umstände hatte ihn zu diesem drastischen Schritt veranlasst:

Seine nächsten Verwandten waren zum Wintersport im Ausland, und die Freunde, die sie freundlicherweise ersetzen wollten, hatten eine ansteckende Krankheit im Haus.

33

Zweifellos hätte er auch jemand anderen finden können, der sich seiner erbarmt hätte, aber nach einiger Überlegung war er zu dem Schluss gekommen, dass sich meisten von ihnen schon anderweitig entschieden hätten. Er war ja nur drei oder vier Tage lang auf sich allein gestellt, und es wäre gut, wenn er mit seiner Einführung in die Leventhorp-Papiere vorankommen würde. Er könnte die Zeit nutzen, so nahe wie möglich nach Gaulsford hinunterzufahren und sich mit der Umgebung vertraut machen. Dort könnte er sich auch die Überreste von Leventhorp House und die Gräber in der Kirche ansehen.

Am ersten Tag nach seiner Ankunft im Hotel zum Schwanen in Longbridge war das Wetter so stürmisch, dass er nicht weiter als bis zum Tabakladen kam.

Den nächsten, vergleichsweise sonnigen Tag nutzte er für seinen Besuch in Gaulsford, der ihn zwar sehr interessierte, aber nichts Aufregendes für ihn brachte.

Der dritte Tag war für Anfang Januar geradezu eine Perle von einem Tag und auch viel zu schön, um ihn drinnen zu verbringen.

Vom Wirt erfuhr er, dass es im Sommer ein beliebter Brauch der Besucher sei, mit dem Morgenzug ein paar Bahnhöfe weiter westlich zu fahren und dann durch Stanford-St. Thomas und Stanford-Magdalene, die beide als sehr malerische

Dörfer gelten, das Tal des Tent hinunterzuwandern.

Er schloss sich diesem Plan an und befindet sich jetzt um 9.45 Uhr in einem Wagen der dritten Klasse auf dem Weg nach Kingsbourne Junction, währenddessen er die Karte des Bezirks studiert.

Ein alter Mann war sein einziger Mitreisender, ein recht einfältiger und pfeiferauchender Greis, der gesprächig zu sein schien, und so erkundigte sich Mr. Davidson, nachdem die üblichen Sprüche und Antworten über das Wetter erledigt waren, ob er weit fahren würde.

»Nein, Sir, nicht weit, nicht heute Morgen, Sir«, sagte der alte Mann. »Ich fahre nur bis zu der Station, die man Kingsbourne Junction nennt. Es gibt nur noch zwei Bahnhöfe bis dort. Ja, sie nennen es Kingsbourne Junction.«

»Da fahre ich auch hin«, sagte Mr. Davidson.

»Ach ja, Sir? Kennen Sie die Gegend?«

»Nein, ich fahre nur, um einen Spaziergang zurück nach Longbridge zu machen und ein wenig vom Land zu sehen.«

»Oh, in der Tat, Sir! Es ist ein schöner Tag für einen Gentleman, der gerne einen Spaziergang macht.«

»Ja, ganz bestimmt. Haben Sie es noch weit, nachdem wir Kingsbourne erreicht haben?«, fragte Mr. Davidson.

»Nein, Sir, ich habe es nicht mehr weit, wenn ich in Kingsbourne Junction bin. Ich will meine Tochter besuchen, Sir. Sie wohnt in Brockstone; das heißt, etwa zwei Meilen über die Felder hinweg entfernt von Kingsbourne Junction, wie sie es nennen.«

»Sie müssten das auf Ihrer Karte eingezeichnet haben, Sir.«

»Ich nehme an, dass es so ist. Lassen Sie mich sehen, Brockstone, sagten Sie? Hier ist Kingsbourne, ja; und in welcher Richtung liegt Brockstone? In Richtung der beiden Stanfords? Ah, ich sehe es: Brockstone Court, in einem Park. Aber das Dorf sehe ich nicht.«

»Nein, Sir, Sie werden kein Dorf in Brockstone finden. Dort gibt es nur das Hofgut und die Kapelle.«

»Kapelle? Oh ja, ich sehe, die ist hier auch eingezeichnet. Sie scheint ganz in der Nähe des Guts zu sein. Gehört sie zum Gut?«

»Ja, Sir, sie ist ganz in der Nähe des Guts, nur einen Schritt entfernt. Ja, sie gehört zum Gut.«

»Meine Tochter, wissen Sie, Sir, sie ist die Frau des Verwalters, und sie wohnt auf dem Gut und

36

kümmert sich um alles, jetzt wo die Familie weg ist.«

»Jetzt lebt also niemand mehr dort?«

»Nein, Sir, schon seit einigen Jahren nicht mehr. Der alte Gutsherr lebte dort, als ich noch ein Junge war, und die Dame des Hauses lebte nach ihm noch dort, bis sie fast neunzig Jahre alt war. Dann starb sie, und die, die es jetzt besitzen, haben dieses andere Haus, ich glaube, es ist in Warwickshire, und sie tun nichts, um das Hofgut zu verpachten. Colonel Wildman hat das Jagdrecht, und der junge Mr. Clark, der Agent, er kommt alle paar Wochen herüber, um nach dem Rechten zu sehen, und der Mann meiner Tochter ist der Verwalter.«

»Und wer benutzt die Kapelle?«, nur die Leute aus der Umgebung, nehme ich an.«

»Oh, nein, überhaupt niemand benutzt die Kapelle, weil es niemanden gibt, der hingeht. Alle Leute gehen nach Stanford in die St. Thomas Kirche, und mein Schwiegersohn geht jetzt in die Kingsbourne Kirche, weil der Pfarrer in Stanford diesen Gregory singen lässt. Mein Schwiegersohn mag das nicht; er sagt, er kann den alten Esel auf dem Hof an jedem Tag der Woche schreien hören, und deshalb mag er etwas Fröhliches am Sonntag.«

Der alte Mann fuhr sich mit der Hand über den Mund und lachte. »Ja, das ist es, was mein

37

Schwiegersohn sagt, er sagt, er kann den alten Esel schreien hören«, usw. usw.

Auch Mr. Davidson lachte – zumindest so ehrlich, wie er konnte – und dachte dabei, dass Brockstone Court und die Kapelle es wahrscheinlich wert wären, in seinen Spaziergang einbezogen zu werden.

Die Karte zeigte, dass er von Brockstone aus das Tent Valley genauso leicht erreichen konnte, als wenn er der Hauptstraße von Kingsbourne nach Longbridge folgen würde.

Als sich die Heiterkeit über das *Bonmot* des Schwiegersohns gelegt hatte, konzentrierte er sich wieder auf seine Absichten und stellte fest, dass sowohl der Gutshof als auch die Kapelle zu den 'urzeitgemäßen' Plätzen gehörten. Der alte Mann zeigte sich gerne bereit, ihn dorthin zu führen, und, wie er sagte, würde ihm auch seine Tochter gerne alles zeigen, was sie konnte.

»Aber das ist nicht viel, Sir, nicht so, als wenn die Familie dort noch wohnen würde. Alle Fenster sind zugezogen und die Bilder und Wandbehänge abgedeckt. Die Teppiche sind zusammengefaltet, aber ich wage dennoch, zu behaupten, dass sie Ihnen ein paar davon zeigen könnte, nur um sie anzuschauen, weil sie dort immer kontrolliert, um zu sehen, dass der Schimmel nicht hineinkommt.«

»Das macht mir nichts aus«, sagte Mr. Davidson. »Danke, wenn sie mir das Innere der Kapelle

38

zeigen kann, so möchte ich das am liebsten sehen.«

»Oh, das kann sie Ihnen gut zeigen, Sir. Sie hat den Schlüssel für die Tür, wissen Sie, und während der meisten Wochen geht sie hinein und staubt ab. Das ist eine nette Kapelle, das ist sie. Mein Schwiegersohn sagt, er würde dafür sorgen, dass es dort keinen Gregory gibt. Du liebe Zeit! Ich muss immer lächeln, wenn ich daran denke, wie er das über den alten Esel gesagt hat. 'Ich kann ihn jeden Tag der Woche brüllen hören', sagt er; und das kann er auch gut, Sir; das ist jedenfalls wahr.«

Der Spaziergang über die Felder von Kingsbourne nach Brockstone verlief sehr angenehm. Er führte größtenteils auf der Höhe des Landes und bot weite Ausblicke über eine Reihe von Bergrücken, die mit Acker und Weideland oder mit dunkelblauen Wäldern bedeckt waren. Alle endeten mehr oder weniger abrupt auf der rechten Seite in Landzungen, die das breite Tal eines großen westlichen Flusses überblickten.

Das letzte Feld, das sie durchquerten, war von einem dichten Wäldchen begrenzt. Drinnen windet sich der Weg scharf nach unten, und man konnte sehen, dass Brockstone in einem jäh abfallenden und sehr engen Tal eingeschlossen war. Es dauerte dann nicht lange, bis sie Gruppen von rauchlosen Steinschornsteinen und steinernen Ziegeldächern dicht unter ihren Füßen erblickten; und einige Minuten später wischten sie sich an der Hintertür von Brockstone Court die Schuhe ab.

39

Von irgendwo her hörte man das laute Bellen der Hunde des Verwalters, sodass sie Mrs. Porter in rascher Folge anschrie, ruhig zu sein. Dann begrüßte sie ihren Vater und bat ihre beiden Besucher, einzutreten.

II.

Es war nicht zu vermeiden, dass Mr. Davidson nicht doch durch die wichtigsten Räume des Gutshofes geführt wurde, obwohl das Haus völlig unbewohnt war.

Bilder, Teppiche, Vorhänge, Möbel, alles war zugedeckt oder weggeräumt, wie der alte Mr. Avery gesagt hatte, und die Bewunderung, die unser Freund zu geben bereit war, musste sich auf die Proportionen der Räume und auf die eine gemalte Decke richten, an der ein Künstler, der im Pestjahr aus London geflohen war, den Triumph der Loyalität und Treue und die Niederlage des Aufruhrs dargestellt hatte. Daran konnte Mr. Davidson ein ungeheucheltes Interesse zeigen.

Die Darstellungen von Cromwell, Ireton, Bradshaw, Peters und den anderen, die sich in sorgfältig ausgedachten Qualen winden, waren offensichtlich der Teil des Werks, dem die meiste Mühe gewidmet worden war.

»Das war die alte Lady Sadleir gewesen, die das gemalt hat, genau wie das Bild, das in der Kapelle hängt. Man sagt, dass sie vorher erst nach

40

London, gefahren ist, um auf Oliver Cromwells Grab zu tanzen.«

So ähnlich hatte Mr. Avery das geschildert und er fuhr nachdenklich fort:

»Nun, ich nehme an, sie hat eine gewisse Genugtuung erhalten, aber ich weiß nicht, ob ich das Geld für die Fahrt nach London und zurück ausgegeben hätte, und mein Schwiegersohn sagt dasselbe; er sagt, er wüsste nicht, ob er das ganze Geld nur dafür hätte bezahlen wollen.«

Dann wandte er sich seiner Tochter zu: »Ich habe dem Herrn im Zug erzählt, Mary, was dein Harry über diesen Gregory sagt, der hier in Stanford singt. Darüber haben wir ein wenig gelacht, nicht wahr, Sir?«

»Ja, natürlich haben wir das, ha! ha!«, und wieder bemühte sich Mr. Davidson, der Freundlichkeit des alten Mannes gerecht zu werden.

»Aber«, sagte er dann, »wenn Mrs. Porter mir die Kapelle zeigen kann, dann sollte es jetzt sein, denn die Tage sind in dieser Jahreszeit nicht mehr lang, und ich will zurück nach Longbridge, bevor es ganz dunkel wird.«

Selbst wenn Brockstone Court nicht die Ehre erwiesen wurde, im 'Rural Life' [ein populäres Magazin, welches das Landleben beschreibt] abgebildet zu werden – und ich glaube, das wurde

41

es auch nicht – möchte ich dennoch nicht in ausgleichender Weise auf dessen Vorzüge hinweisen; aber über die Kapelle muss trotzdem ein Wort gesagt werden.

Sie steht etwa hundert Meter vom Gutshaus entfernt und hat einen eigenen kleinen Friedhof und Bäume darum herum. Es handelt sich um ein steinernes Gebäude von etwa siebzig Fuß Länge und im gotischen Stil, wie er in der Mitte des siebzehnten Jahrhunderts verstanden wurde. Im Großen und Ganzen ähnelt sie einigen College-Kapellen in Oxford, nur, dass sie einen ausgeprägten Altarraum hat, wie eine Pfarrkirche, und einen fantasievollen Glockenturm an der südwestlichen Ecke.

Als das Westtor aufgestoßen wurde, konnte Mr. Davidson einen Ausruf der freudigen Überraschung über Vollständigkeit und Reichtum der Innenausstattung nicht unterdrücken. Paravent, Kanzel, Bestuhlung und Verglasung stammten alle aus der gleichen Zeit; und als er ins Kirchenschiff eintrat und den Orgelkasten mit seinen goldgeprägten Pfeifen auf der Westempore erblickte, war seine Zufriedenheit groß.

Das Glas in den Fenstern des Kirchenschiffs war hauptsächlich mit Wappen versehen, und im Altarraum befanden sich figürliche Darstellungen, wie sie in der Abtei Dore zu sehen sind, ein Werk von Lord Scudamore – aber dies ist keine archäologische Betrachtung.

42

Während Mr. Davidson noch damit beschäftigt war, die Überreste der Orgel (die, wie ich glaube, einem der Dallams zugeschrieben wird) zu untersuchen, war der alte Mr. Avery in den Altarraum hinauf gestapft und hatte die Staubtücher von den blauen Samtkissen der Sitzpulte weggenommen. Offensichtlich saß gewöhnlich die Familie hier.

Mr. Davidson hörte, wie er in einem eher gedämpften Ton der Überraschung sagte:

»Mary, hier sind schon wieder alle Bücher offen!«

Die Antwort kam mit einer Stimme, die eher mürrisch als überrascht klang. »Tt-tt-tt, also, ich würde nicht ... «

Mrs. Porter ging dort hin, wo ihr Vater stand, und sie unterhielten sich in einem leiseren Ton weiter.

Mr. Davidson konnte deutlich sehen, dass etwas nicht ganz alltägliches besprochen wurde, und so kam er die Emporentreppe hinunter und gesellte sich zu ihnen.

Unten im Altarraum gab es ebenso wenig Unordnung, wie im Rest der Kapelle. Sie war sehr sauber, aber die acht Gebetsbücher in Folioformat auf den Polstern der Sitzpulte waren zweifellos geöffnet.

Mrs. Porter zeigte deutliche Anzeichen der Verärgerung und sagte:

»Wer kann es sein, der das tut? Es gibt keinen Schlüssel außer meinem, noch eine Tür außer der, durch die wir hereingekommen sind, und die Fenster sind alle verriegelt. Das gefällt mir nicht, Vater, das gefällt mir nicht.«

»Was ist los, Mrs. Porter? Stimmt etwas nicht?«, fragte Mr. Davidson.

»Nein, Sir, es ist nichts Schlimmes, nur diese Bücher. Fast jedes Mal, wenn ich reinkomme, um hier aufzuräumen, schließe ich sie und lege die Tücher darüber, um den Staub fernzuhalten, seit Mr. Clark das gesagt hat, als ich zum ersten Mal hierherkam.«

»Und doch sind sie offen, und immer dieselbe Seite. Wer auch immer das macht, tut dies trotz geschlossener Tür und geschlossener Fenster. Ich sage Ihnen, da würde sich jeder komisch fühlen, wenn er hier allein reinkommt, wie ich es tun muss. Aber ich kann sagen, dass ich nicht so veranlagt bin, mich leicht zu fürchten.«

»Es ist keine Ratte im Haus – und keine Ratte würde sich die Mühe machen, so etwas zu tun«, fügte sie hinzu. »Was meinen Sie, Sir?«

»Wohl kaum, würde ich sagen; aber es klingt sehr seltsam. Sie sind immer an derselben Stelle geöffnet, sagten Sie?«

44

»Immer an derselben Stelle, Sir. Es ist einer der Psalmen, und ich habe es beim ersten oder zweiten Mal nicht besonders bemerkt, bis ich eine kleine rote Druckzeile sah, und seitdem ist sie mir immer aufgefallen.«

Mr. Davidson ging an den Bänken entlang und betrachtete die aufgeschlagenen Bücher.

Tatsächlich waren überall die gleichen Seiten aufgeschlagen – Psalm CIX [109], und am Kopf des Buches, genau zwischen der Zahl und dem Deus Laudum, befand sich eine Rubrik: 'Für den 25. April.'

Ohne so zu tun, als ob er die Geschichte des 'Book of Common Prayer' [Buch des gemeinsamen Gebets] *5) bis ins kleinste Detail kennen würde, wusste er genug, um sicher zu sein, dass es sich um einen sehr merkwürdigen und völlig unerlaubten Zusatz zum Text handelte.

Und da er sich daran erinnerte, dass der 25. April der Tag des Heiligen Markus ist, konnte er sich nicht vorstellen, was dieser sehr grausame Psalm mit diesem Fest zu tun haben könnte.

Er hatte bereits einige Befürchtungen, als er die Seiten eines Buchs schloss, um das Titelblatt zu untersuchen; und da er wusste, dass es in diesen Dingen besonders genau sein musste, widmete er dieser Tätigkeit etwa zehn Minuten, um eine zeilengenaue Abschrift anzufertigen.

Das Datum war 1653; der Drucker nannte sich Anthony Cadman. Er suchte in der Liste der vorgesehenen Psalmen für bestimmte Tage; ja, dort war derselbe unerklärliche Eintrag für den 25. April zu finden: *der 109. Psalm.*

Einem Fachmann wären zweifellos noch viele andere Punkte eingefallen, die er hätte untersuchen können, aber dieser Antiquar war, wie ich schon sagte, kein Fachmann. Er sah sich jedoch den Einband an – ein hübsches Exemplar aus blauem Leder, das die gleichen Wappen trug, die in verschiedenen Kombinationen in mehreren Fenstern des Kirchenschiffs zu sehen waren.

»Wie oft«, sagte er schließlich zu Mrs. Porter, »haben Sie diese Bücher so aufgeschlagen vorgefunden?«

»Das kann ich nicht genau sagen, Sir, aber es ist schon sehr oft vorgekommen.«

Dann wandte sie sich ihrem Vater zu: »Erinnerst du dich, wie ich dir davon erzählt habe, als ich es das erste Mal bemerkte?«

»Das tue ich, meine Liebe; du warst in einem verwirrten Zustand, und das wundert mich auch nicht so sehr. Das war vor fünf Jahren, als ich dich zur Michaeliszeit besuchte, und du zur Teestunde hereinkamst und sagtest: 'Vater, da liegen die Bücher wieder offen unter den Tüchern.'«

46

»Und ich wusste nicht, wovon meine Tochter sprach, verstehen Sie, Sir, und ich sagte: 'Bücher?', nur das sagte ich, und dann kam alles heraus.«

»Aber wie Harry sagt – das ist mein Schwiegersohn, Sir – 'wer auch immer das sein mag, der es getan hat, es gibt nur die eine Tür, und wir halten sie verschlossen', sagte er, 'und die Fenster sind alle vergittert, alle.'«

»Nun', sagt Harry, 'ich glaube, wenn ich sie einmal erwischt habe, werden sie es kein zweites Mal tun', ja das sagt er. Ja, ein zweites Mal würden sie es wirklich nicht tun, das glaube ich nicht, Sir.«

»Nun, meine liebe Tochter, das war vor fünf Jahren, und seitdem ist es immer wieder passiert, wie du es sagst. Der junge Mr. Clark scheint sich nicht so recht darum zu kümmern, aber er wohnt ja auch nicht hier, und es ist nicht seine Sache, an einem dunklen Nachmittag hier aufzuräumen, nicht wahr?«

»Ich nehme an, Sie haben sonst nichts Merkwürdiges gesehen, wenn Sie hier arbeiten, Mrs. Porter«, sagte Mr. Davidson.

»Nein, Sir, nichts«, sagte Mrs. Porter, »und ich finde es komisch, dass ich das nicht tue, denn ich habe das Gefühl, dass sich hier jemand eingenistet hat.«

47

Mr. Davidson schaute sich um.

»Nein, es ist die andere Seite«, sagte sie, »gleich hinter dem Paravent.«

»Ich fühle mich die ganze Zeit beobachtet, während ich auf der Empore und in den Kirchenbänken Staub wische. Aber ich habe noch nie etwas Schlimmeres als mich selbst gesehen, wie man so schön sagt, und ich hoffe sehr, dass sich das auch nie ändern wird.«

III.

In dem anschließenden, nicht sehr langen Gespräch, wurde der Darstellung der Angelegenheit nichts Wesentliches hinzugefügt, und nachdem er sich in gutem Einvernehmen von Mr. Avery und seiner Tochter getrennt hatte, wandte sich Mr. Davidson seinem acht Meilen langen Spaziergang zu.

Das kleine Tal von Brockstone führte ihn bald hinunter in das breitere Tal des Tent und weiter nach Stanford-St. Thomas, wo er eine Erfrischung zu sich nehmen konnte.

Wir brauchen ihn nicht den ganzen weiteren Weg nach Longbridge zu begleiten, sollten aber erwähnen, dass er, als er vor dem Abendessen seine Socken wechselte, plötzlich innehielt und halblaut zu sich sagte: 'Meine Güte, das ist ja ein tolles Ding!'

48

Zuvor war ihm es nicht aufgefallen, wie seltsam es war, dass eine Ausgabe des Gebetbuchs im Jahre 1653 herausgebracht wurde, sieben Jahre vor der Restauration *6), fünf Jahre vor Cromwells Tod und zu einer Zeit, als der Gebrauch des Buchs, geschweige denn der Druck, unter Strafe stand.

'Es muss ein kühner Mann gewesen sein, der seinen Namen und ein Datum auf diese Titelseite gesetzt hatte' dachte Mr. Davidson, 'aber wahrscheinlich war das gar nicht sein richtiger Name, denn die Wege der Drucker in schwierigen Zeiten waren verschlungen.'

Als er sich an diesem Abend in der Vorhalle seines Hotels befand und Zugfahrpläne studierte, hielt ein Automobil vor der Tür. Ein kleiner Mann in einem Pelzmantel stieg aus, und als er auf der Treppe stand, gab er seinem Chauffeur Anweisungen in einem ziemlich kläffenden ausländischen Akzent.

Als er dann hereinkam, konnte man ihn deutlicher erkennen – schwarzhaarig und blass, mit einem kleinen Spitzbart und einem goldenen Zwicker; alles in allem sehr adrett gekleidet. Er ging dann auf sein Zimmer, und Mr. Davidson sah ihn bis zum Abendessen nicht mehr.

Da sie die Einzigen waren, die an diesem Abend beim Essen saßen, fiel es dem Neuankömmling nicht schwer, einen Vorwand zu finden, um ins Gespräch zu kommen; er wollte offensichtlich

49

herausfinden, was Mr. Davidson zu dieser Jahreszeit in diese Gegend führte.

»Können Sie mir sagen, wie weit es von hier nach Arlingworth ist?«, war eine seiner ersten Fragen, und es war eine, die etwas Licht auf seine eigenen Pläne warf.

Mr. Davidson erinnerte sich, am Bahnhof eine Anzeige für eine Verkaufsveranstaltung in Arlingworth Hall gesehen zu haben, die alte Möbel, Bilder und Bücher umfasste. Es handelte sich also um einen Londoner Händler.

»Bedaure«, sagte er, »ich war noch nie dort. Ich glaube, es liegt in der Richtung von Kingsbourne – es kann nicht weniger als zwölf Meilen weit weg sein. Wie ich gesehen habe, werden dort in Kürze einige Sachen verkauft.«

Der andere sah ihn neugierig an, und er lachte. »Nein«, sagte er wie zur Antwort auf eine Frage, »Sie brauchen keine Angst vor einem Wettbewerb mit mir zu haben; ich werde erst morgen dorthin gehen.«

Damit war die Sache geklärt, und der Händler, der Homberger hieß, gab zu, dass er sich für Bücher interessierte und der Meinung war, dass in diesen alten Landhausbibliotheken etwas zu finden sei, das eine Reise lohnen könnte. »Denn«, so sagte er, »wir Engländer haben immer dieses wunderbare Talent, Raritäten an den unerwartetsten Orten anzuhäufen, nicht wahr?«

50

Und im Laufe des Abends erzählte er höchst interessante Dinge von seinen eigenen Funden und denen anderer. »Ich werde nach diesem Verkauf die Gelegenheit nutzen, um mich ein wenig in der Gegend umzusehen; vielleicht können Sie mir ein paar geeignete Stellen nennen, Mr. Davidson?«

Aber Mr. Davidson, obwohl er in Brockstone Court einige sehr verlockende verschlossene Bücherschränke gesehen hatte, behielt jeglichen Rat für sich. Er mochte Mr. Homberger nicht so sehr.

Am nächsten Tag, als er im Zug saß, erhellte ein kleiner Gedankenblitz eines der Rätsel von gestern. Als er zufällig ein Almanach-Tagebuch herausnahm, das er für das neue Jahr gekauft hatte, kam es ihm in den Sinn, sich die bemerkenswerten Ereignisse für den 25. April anzusehen.

Da stand es:

'St. Markustag' und 'Oliver Cromwell, geboren am 25. April im Jahre 1599.'

Zusammen mit der bemalten Decke in der Kapelle schien das Einiges zu erklären.

Die Gestalt der alten Lady Sadleir erschien ihm jetzt deutlicher in seiner Vorstellung, wie die einer Person, in der die Liebe zu Kirche und König allmählich einem tiefen Hass auf die Macht

51

gewichen war, welche die einen zum Schweigen gebracht und die anderen abgeschlachtet hatte.

Was für ein seltsamer, teuflischer Dienst war das, den sie, und einige wenige wie sie, Jahr für Jahr in diesem abgelegenen Tal zu feiern pflegten?

Und wie um alles in der Welt war es ihr gelungen, sich der Autorität zu entziehen? Und stimmte dieses beharrliche Öffnen der Bücher nicht auf seltsame Weise mit den anderen ihm bekannten Eigenschaften von ihr überein? *7)

Für jeden, der sich am 25. April zufällig in der Nähe von Brockstone aufhält, wäre es interessant, einen Blick in die Kapelle zu werfen, um zu sehen, ob dort an diesem Tag etwas Außergewöhnliches geschieht.

Wenn er so darüber nachdachte, schien es keinen Grund zu geben, warum er nicht selbst diese Person sein sollte; und wenn möglich, sollte ihn ein gleichgesinnter Freund begleiten. Also beschloss er, dies in die Tat umzusetzen.

Da er wusste, dass er wirklich nichts über den Druck von Gebetsbüchern wusste, erkannte er, dass er es sich zur Aufgabe machen musste, das beste Licht auf diese Angelegenheit zu werfen, ohne seine Gründe preiszugeben. Ich kann aber gleich sagen, dass seine Suche völlig erfolglos war.

Ein Schriftsteller aus dem frühen 19. Jahrhundert, einer, der ziemlich aufgeregt und

52

überschwänglich über Bücher plauderte, behauptete von einer speziellen Anti-Cromwell Ausgabe des Gebetsbuchs inmitten der Commonwealth Zeit [1649- 1660] gehört zu haben, und niemand hatte ihm geglaubt.

Als Mr. Davidson der Sache nachging, stellte er fest, dass die Behauptung auf Briefen eines Korrespondenten beruhte, der in der Nähe von Longbridge gelebt hatte; daher war er geneigt, zu glauben, dass die Brockstone-Gebetsbücher dahinter steckten und ein kurzzeitiges Interesse erregt hatten.

Die Monate vergingen, und der St. Markustag rückte näher.

Nichts störte Mr. Davidsons Pläne, Brockstone zu besuchen oder die seines Freundes, den er überredet hatte, ihn zu begleiten, und dem allein er das Rätsel anvertraut hatte.

Der gleiche Zug, der ihn im Januar um 9.45 Uhr abgeholt hatte, brachte sie jetzt wieder nach Kingsbourne. Derselbe Feldweg führte sie nach Brockstone, aber heute hielten sie mehr als einmal an, um eine Schlüsselblume zu pflücken.

Die fernen Wälder und gepflügten Hochebenen hatten eine andere Farbe, und im Gestrüpp gab es, wie Mrs. Porter sagte, 'einen regelrechten Zauber von Vögeln, sodass man manchmal kaum seinen eigenen Gedanken nachgehen konnte.'

53

Mrs. Porter erkannte Mr. Davidson sofort wieder und war nur zu bereit, der Kapelle die Ehre zu erweisen.

Der neue Besucher, Mr. Witham, war von deren Vollständigkeit ebenso beeindruckt, wie Mr. Davidson selbst. »Eine zweite wie diese kann es in England nicht geben«, sagte er.

»Haben sich die Bücher wieder geöffnet, Mrs. Porter?«, fragte Davidson, als sie zum Altarraum hingingen.

»Meine Güte, ja, ich gehe davon aus, Sir«, sagte Mrs. Porter, als sie die Tücher wegzog. »Schauen Sie da!«, rief sie im nächsten Moment aus, »sie sind nicht geschlossen!«

»Aber«, fuhr sie fort, »es ist das erste Mal, dass ich sie so verändert wie jetzt vorfinde.«

»Ich versichere Ihnen, meine Herren, es liegt nicht an mangelnder Sorgfalt meinerseits, wenn sie nicht geschlossen sind, denn ich habe als Letztes die Tücher nochmals berührt, als ich vergangene Woche abgeschlossen habe, nachdem der Herr mit dem Fotografieren des Ostfensters fertig war.«

»Jedes war geschlossen und wo noch Bänder offen waren, habe ich sie zugebunden. Wenn ich aber jetzt so darüber nachdenke, kann ich mich nicht erinnern, das jemals zuvor getan zu haben, und vielleicht hat es für denjenigen – wer auch immer es ist, der die Bücher öffnet – einen Unterschied gemacht. Das sieht man doch, oder? Wenn es beim ersten Mal nicht klappt, versuche ich es immer und immer und immer wieder.«

In der Zwischenzeit hatten die beiden Männer die Bücher untersucht, und nun ergriff Davidson das Wort.

»Ich muss leider sagen, dass hier etwas nicht stimmt, Mrs. Porter. Das sind nicht dieselben Bücher.«

Es würde zu lange dauern, alle Aufschreie von Mrs. Porter und die anschließenden Fragen im Einzelnen aufzuführen; am Ende kam Folgendes heraus:

»Anfang Januar«, sagte sie, »war der Herr gekommen, um die Kapelle zu besichtigen, und er fand sie sehr schön und sagte, er müsse bei Frühlingswetter wiederkommen und ein paar Fotos machen. Erst vor einer Woche war er mit seinem Auto vorgefahren, mit einer sehr schweren Kiste, in der sich die Dias [sie meint Fotoplatten] befanden.«

Sie hätte ihn eingeschlossen, weil er etwas von einer langen Belichtung sagte, und es schien ihr so, dass der Kasten für die Dias sehr langsam arbeitete, und so war er den größten Teil einer Stunde drin.

Als sie dann kam und ihn herausließ, fuhr er mit seiner Kiste und allem weg und gab ihr seine Visitenkarte.

»Und oh je, oh je, wenn man an so etwas denkt!«, sagte sie. »Er muss die Bücher ausgetauscht und die alten in seiner Kiste mitgenommen haben.«

»Wie hat der Mann ausgesehen?«, fragte Mr. Davidson.

»Oh je«, sagte sie wieder. »Er war ein kleiner Gentleman, wenn man ihn so nennen kann, so wie er sich benommen hat, mit schwarzem Haar, das heißt, wenn es echtes Haar war, und einer goldenen Brille, wenn sie echt golden war; wirklich, man weiß nicht, was man glauben soll. Manchmal bezweifle ich, dass er überhaupt ein richtiger Engländer war, und doch schien er die Sprache zu kennen und hatte den Namen auf seiner Visitenkarte, wie es jeder andere auch macht.«

»Ganz genau«, sagte Mr. Davidson; »könnten wir die Karte sehen?«

»Also ein Mr. T. W. Henderson, und eine Adresse irgendwo in der Nähe von Bristol«, stellte er fest.

»Nun, Mrs. Porter, es ist ganz klar, dass dieser Mr. Henderson, wie er sich selbst nennt, mit ihren acht Gebetbüchern abgehauen ist und acht

56

andere, etwa gleich große, an deren Stelle hingelegt hat.«

»Jetzt hören Sie mir zu«, fuhr er fort. »Ich nehme an, Sie müssen Ihrem Mann davon erzählen, aber weder Sie noch er, dürfen irgendjemand anderem gegenüber ein Wort davon erwähnen. Wenn Sie mir die Adresse des Agenten geben – Herr Clark, nicht wahr? – werde ich ihm schreiben und ihm genau sagen, was passiert ist und dass es wirklich nicht Ihre Schuld ist. Aber Sie müssen verstehen, dass wir es sehr geheim halten müssen; und warum? Weil dieser Mann, der die Bücher gestohlen hat, natürlich versuchen wird, sie einzeln zu verkaufen – ich kann Ihnen sagen, dass sie eine Menge Geld wert sind – und die einzige Möglichkeit, wie wir es ihm heimzahlen können, ist, dass wir gut aufpassen und nichts sagen.«

Indem sie diese Ratschläge auf verschiedene Weise wiederholten, gelang es ihnen, Mrs. Porter von der Notwendigkeit des Schweigens zu überzeugen, und sie sahen sich gezwungen, lediglich im Falle von Mr. Avery, der in Kürze vorbeikommen würde, ein Zugeständnis zu machen.

»Aber bei Vater können Sie da sicher sein, Sir«, sagte Mrs. Porter. »Vater ist kein Mann, der viel redet.«

Das war zwar nicht ganz so, wie Mr. Davidson ihn erlebt hatte, aber es gab keine Nachbarn in Brockstone, und selbst Mr. Avery musste wissen, dass Tratsch mit irgendjemandem über ein solches Thema wahrscheinlich dazu führen würde, dass sich die Porters nach einer anderen Arbeitsstelle umsehen müssten.

Eine letzte Frage war, ob Mr. Henderson jemanden bei sich gehabt hatte.

»Nein, Sir, als er kam, war niemand bei ihm; er fuhr selbst in seinem Automobil.«

»Was er an Gepäck dabei hatte? Lassen Sie mich sehen: Da war seine Laterne [Kamera] und dieser Kasten mit Dias [Fotoplatten] in dem Wagen, bei dem ich ihm selbst in die Kapelle hinein und wieder herausgeholfen habe – oh, wenn ich es nur gewusst hätte!«

»Und als er unter der großen Eibe beim Denkmal wegfuhr, sah ich das lange weiße Bündel auf dem Dach seines Wagens liegen, das ich nicht bemerkt hatte, als er vorfuhr. Er saß vorne, Sir, und hinter ihm waren nur die Kisten.«

»Und glauben Sie wirklich, Sir, dass sein Name gar nicht Henderson war? Oh, meine Güte, was für eine schreckliche Sache!«

Sie verließen die in Tränen aufgelöste Mrs. Porter, und auf dem Heimweg wurde viel darüber diskutiert, wie man mögliche Verkäufe am besten im Auge behalten könnte.

58

Was Henderson oder besser Homberger (denn an der Identität konnte kein wirklicher Zweifel bestehen) getan hatte, war offensichtlich. Er brachte die erforderliche Anzahl von Gebetsbüchern in Folioformat mit – ausgediente Exemplare aus College-Kapellen und dergleichen, die angeblich wegen der Einbände angekauft wurden und, oberflächlich betrachtet, sehr ähnlich waren, und die er dann nach eigenem Gutdünken gegen die echten Exemplare ausgetauscht hatte.

Inzwischen war eine Woche vergangen, ohne dass der Diebstahl öffentlich bekannt gemacht wurde. Der Dieb würde sich selbst ein wenig Zeit nehmen, um sich über die Seltenheit der Bücher zu informieren, und sie dann zweifellos mit Vorsicht irgendwo 'platzieren'.

Zusammen waren Davidson und Witham in der Lage, eine Menge über die Geschehnisse in der Welt der Bücher zu wissen, und sie konnten das Terrain ziemlich genau abstecken.

Ein Schwachpunkt bei ihnen war im Moment aber, dass keiner von ihnen wusste, unter welchem anderen, oder mehreren anderen Namen, Henderson-Homberger seine Geschäfte betrieb. Aber es gibt Möglichkeiten, diese Probleme zu lösen.

Und doch erwies sich all diese Planung als vollkommen unnötig.

59

IV.

Noch am selben Tag, den 25. April, werfen wir jetzt einen Blick in ein Londoner Büro. Dort finden wir zu später Stunde hinter den verschlossenen Türen zwei Polizeiinspektoren, dazu einen Kommissionär und einen jugendlich aussehenden Angestellten. Die Letzteren, die beide ziemlich blass und zittrig aussehen, sitzen auf Stühlen und werden befragt.

»Wie lange sagen Sie, arbeiten Sie schon bei diesem Herrn Poschwitz? Sechs Monate? Und was war sein Geschäft?«

»Er besucht Verkaufsveranstaltungen in verschiedenen Gegenden und bringt Pakete mit Büchern nach Hause.«

»Hat er irgendwo einen Laden?«

»Nein, er verkauft sie hier und da, und manchmal an private Sammler.«

»Also gut. Wann ist er zuletzt aus dem Haus gegangen, besser gesagt, vor einer Woche? Hat er Ihnen gesagt, wo er hin wollte?«

»Nein? Er sagte, er würde am nächsten Tag von seinem Privathaus aus aufbrechen und würde nicht vor zwei Tagen im Büro sein.«

»Das heißt dieses hier, nicht wahr? Und Sie sollten wie üblich herkommen?«

»Wo befindet sich sein Privathaus? Oh, ich sehe, die Adresse ist Norwood Way.«

»Hat er Familie? Vielleicht nicht in diesem Land?«

»Also, was haben Sie über die Ereignisse seit seiner Rückkehr zu berichten? Er kam am Dienstag zurück, nicht wahr? Und heute ist Samstag. Hat er irgendwelche Bücher mitgebracht? Ein Paket, wo ist es? Im Safe? Haben Sie den Schlüssel? Ach nein, jetzt ist er natürlich offen. Wie hat er gewirkt, als er zurückkam – fröhlich? Oder denken Sie vielleicht – neugierig?«

»Er dachte, er sei krank, das hat er gesagt, ja, so ist es. Ihm sei ein seltsamer Geruch in die Nase gestiegen, den er nicht mehr loswerde. Ich sollte ihm Bescheid sagen, wenn jemand ihn sehen wollte, bevor ich ihn hereinlasse.«

»Was das nicht etwas ungewöhnlich für ihn?«

»Nun, den ganzen Mittwoch, Donnerstag und Freitag war es ähnlich. An diesen Tagen war er viel unterwegs. Er sagte, er ginge ins Britische Museum, wohin er sich schon oft begeben hatte, um Erkundigungen in Bezug auf sein Geschäft einzuholen, und wenn er dann hier war, ging er viel im Büro auf und ab.«

»Ist in diesen Tagen jemand zu Besuch gekommen?«

61

»Nein, und meist nur dann, wenn er nicht da war.«

»Hat ihn überhaupt jemand in diesen Tagen im Büro angetroffen?«

»Oh ja, Mr. Collinson.«

»Wer ist Mr. Collinson?«

»Ein alter Kunde.«

»Haben Sie seine Adresse? Ach, lassen Sie, die können Sie uns später geben.«

»Aber nun, was war heute Morgen? Sie haben Mr. Poschwitz um 12 Uhr verlassen und sind nach Hause gegangen. Hat Sie jemand gesehen?«

»Herr Kommissionär, können Sie das bezeugen?«

»Ich bin dann zu Hause geblieben, bis ich von Ihnen herbestellt wurde«, fuhr der Angestellte fort.

»Sehr gut.«

»Also Herr Kommissionär, Sie heißen – Watkins, nicht wahr? Nun, machen Sie Ihre Aussage, aber nicht zu schnell, damit wir mitschreiben können.«

»Ich habe mich hier länger als gewöhnlich aufgehalten. Mr. Potwitch [Poschwitz] hatte mich gebeten, zu bleiben und ließ sich sein Essen ins

Büro bringen, das dann wie bestellt gekommen ist.«

»Ich war von elf Uhr dreißig an in der Lobby und sah Mr. Bligh [den Angestellten] gegen zwölf Uhr gehen. Danach kam überhaupt niemand mehr herein, außer dem Mann, der um ein Uhr das Essen für Mr. Potwitch [Poschwitz] gebracht hatte und fünf Minuten später wieder gegangen war.«

»Gegen Nachmittag wurde ich des Wartens müde und ging nach oben in den ersten Stock.«

»Die äußere Tür, die zum Büro führte, stand offen, und ich kam zur Glastür hier hinauf. Mr. Potwitch [Poschwitz] stand hinter dem Tisch und rauchte eine Zigarre, die er auf dem Kaminsims ablegte. Er kramte in seinen Hosentaschen, nahm einen Schlüssel heraus und ging zum Tresor hinüber.«

»Ich klopfte an die Scheibe, um zu sehen, ob er wollte, dass ich sein Tablett mitnehme, aber er beachtete mich nicht, weil er mit der Tresortür beschäftigt war.«

»Dann öffnete er sie, bückte sich und schien ein Paket vom Boden des Tresors hochzuheben. Und dann, Sir, sah ich, wie etwas, das wie eine große Rolle alten, schäbigen, weißen Flanells aussah, etwa vier bis fünf Fuß hoch, aus dem Inneren des Tresors direkt gegen Mr. Potwitchs [Poschwitz] Schulter fiel, als er sich vorgebeugt hatte.«

63

»Mr. Potwitch [Poschwitz] richtete sich daraufhin auf, indem er seine Hände auf das Paket stützte, und stieß einen Laut aus.«

»Und ich kann kaum erwarten, dass Sie mir glauben, was ich sage, aber so wahr ich hier sitze, sehe ich, dass diese Rolle am oberen Ende eine Art Gesicht hatte, Sir.«

»Sie können nicht mehr überrascht sein, als ich es war, das kann ich Ihnen versichern, und ich habe schon vieles gesehen in meiner Zeit.«

»Ja, ich kann es beschreiben, wenn Sie es wünschen, Sir; es hatte eine Farbe, die ganz ähnlich derer war, wie diese Wand hier (die Wand hatte einen erdfarbenen Anstrich), und unten war es mit einem Stückchen Band zusammengeschnürt.«

»Und die Augen, nun, sie waren trocken, und so, als ob zwei große Spinnenkörper in den Höhlen wären.«

»Haare? Nein, ich weiß nicht, ob da viel Haar zu sehen war; der Flanellstoff war über dem Kopf.«

»Ich bin mir sehr sicher, dass es nicht das war, was es hätte sein sollen. Nein, ich sehe es nur flüchtig, aber ich habe es wie eine Fotografie aufgenommen – ich wünschte, ich hätte es nicht getan.«

»Ja, Sir, es fiel direkt auf die Schulter von Mr. Potwitch [Poschwitz], und dieses Gesicht grub sich in seinem Nacken – ja, Sir, ungefähr dort, wo die Verletzung war – eher wie ein Frettchen, das nach einem Kaninchen jagt, als irgendetwas anderes.«

»Und dann drehte er sich herum um, und natürlich versuchte ich, durch die Tür hereinzukommen, aber wie Sie wissen, Sir, war sie von innen verschlossen, und alles, was ich tun konnte, war, alle herbeizurufen, und der Arzt kam, und die Polizei und Sie, meine Herren.«

»Sie wissen nun genauso viel wie ich, und wenn Sie mich heute nicht mehr brauchen, wäre ich froh, nach Hause zu kommen; es hat mich mehr mitgenommen, als ich dachte.«

»Nun«, sagte einer der Inspektoren, als sie allein waren.

»Nun?«, sagte auch der andere, und nach einer Pause: »Wie lautet der Bericht des Arztes noch einmal? Du hast ihn doch da.«

»Ja. Wirkung auf das Blut wie die schlimmste Art von Schlangenbiss; Tod fast augenblicklich. Ich bin froh darüber – um seinetwillen; es war ein hässlicher Anblick.«

»Wir haben keinen Grund, diesen Watkins festzuhalten; wir wissen alles über ihn, lassen wir ihn erst einmal gehen.«

»Und was ist jetzt mit diesem Safe? Wir sollten ihn noch einmal durchsuchen, und übrigens – wir haben das Paket, mit dem er beschäftigt war, als er starb, noch nicht geöffnet.«

»Sei aber vorsichtig«, sagte der andere, »es könnte eine Schlange darin sein, wer weiß. Bring auch Licht in die Ecken des Tresorraumes. Es kann zwar ein kleiner Mensch darin stehen, aber wie sieht es mit der Belüftung aus?«

»Vielleicht«, sagte der andere langsam, während er den Tresor mit einer elektrischen Taschenlampe untersuchte, »vielleicht brauchten sie nicht viel davon. Meine Güte, es wird einem warm vor, wenn man aus diesem Raum kommt, wie in einem Gewölbe.«

»Aber hier, was ist dieser angehäufte Staub, der sich überall in den Raum hinein verteilt hat? Der muss dort hineingekommen sein, seit die Tür offen gewesen war. Man würde alles wegschieben, wenn man sie bewegt. Was hältst du davon?«

»Was ich davon halte? Ungefähr so viel, wie ich in diesem Fall von allem anderen halte. Das wird eines der Geheimnisse Londons sein, soweit ich das sehen kann. Und ich glaube nicht, dass uns eine Fotografenkiste voller großformatiger, altmodischer Gebetsbücher viel weiter bringen wird. Denn das ist genau das, was im Paket ist.«

»Das war eine verständliche, aber übereilte Äußerung und die vorangegangene Schilderung

66

zeigte, dass es in der Tat reichlich Material gab, um einen Fall zu konstruieren; als aber Mr. Davidson und Mr. Witham erst einmal ihr Wissen zu Scotland Yard gebracht hatten, war die Verbindung bald hergestellt und der Kreis geschlossen.«

Zur Erleichterung von Mrs. Porter haben die Eigentümer von Brockstone beschlossen, die Bücher in der Kapelle nicht wieder auszutauschen; sie befinden sich, glaube ich, in einem Tresor in der Stadt.

Die Polizei hat ihre eigenen Methoden, um bestimmte Dinge aus den Zeitungen herauszuhalten, denn andernfalls wäre kaum anzunehmen, dass Mr. Watkins' Aussage über den Tod von Mr. Poschwitz der Presse nicht eine ganze Reihe von Schlagzeilen mit aufsehenerregendem Charakter beschert hätte.

[Anm.: Vielleicht steckten in der Rolle die Überreste von Oliver Cromwell, eine in der Geschichte umstrittene Persönlichkeit zwischen Königsmörder, Diktator und Freiheitsheld; auf jeden Fall war er überaus grausam in seiner Zeit als Lordprotektor von England, Schottland und Irland gewesen; auch hatte er König Karl I. hinrichten lassen. Der an Malaria verstorbene Chromwell wurde später exhumiert und posthum, zusammen mit Henry Ireton und John Bradshaw, im Jahre 1661 symbolisch hingerichtet. Lange Zeit wurden deren Köpfe auf langen Stangen zur Schau gestellt].

DER GRENZSTEIN DES NACHBARN

Wir saßen gemütlich beisammen und er begann aus seinem Manuskript zu lesen:

»Diejenigen, die den größten Teil ihrer Zeit mit dem Lesen oder Schreiben von Büchern verbringen, neigen natürlich dazu, Ansammlungen von Büchern besonders zu beachten, sei es am Verkaufsstand, im Laden oder nur im Schlafzimmerregal. Immer werden sie irgendeinen Titel in die Hand nehmen, und wenn sie sich in einer ihnen unbekannten Bibliothek befinden, braucht sich kein Gastgeber weiter um ihre Unterhaltung zu kümmern.«

»Das Sortieren verstreuter Bände oder das Aufrichten derjenigen, die das staubwischende Hausmädchen in einem apoplektischen Zustand zurückgelassen hat, erscheint ihnen als eines der geringeren Werke der Barmherzigkeit.«

»Äußerst glücklich über in diese Beschäftigung und darin, gelegentlich ein Oktavband aus dem achtzehnten Jahrhundert aufzuschlagen, um zu sehen, 'was es damit auf sich hat', und nach fünf Minuten zu dem Schluss zu kommen, dass es die Abgeschiedenheit verdient, die es jetzt genießt, hatte ich in der Mitte eines feuchten Augustnachmittags Betton Court erreicht – «

»Du beginnst deine Geschichte auf eine zutiefst viktorianische Art«, sagte ich, der ihm aufmerksam zugehört hatte, »soll das so weitergehen?«

68

»Erinnere dich bitte daran«, sagte mein Freund und sah mich über seine Brille hinweg an, »dass ich von Geburt und Erziehung her Viktorianer bin und dass man von einem viktorianischen Baum durchaus viktorianische Früchte erwarten kann.«

»Außerdem solltest du nicht vergessen, dass über das viktorianische Zeitalter derzeit eine riesige Menge an klug durchdachtem *Unsinn* geschrieben wird.«

»Nun«, fuhr er fort, indem er seine Blätter auf sein Knie legte, »dieser Artikel 'The Stricken Years' [die leidgeprüften Jahre], der neulich in der literarischen Beilage der Times erschienen ist – kannst du ... ?«

»... aber natürlich kannst du. Also, in Gottes Namen gibt sie mir doch einfach, ja? Sie liegt auf dem Tisch neben dir.«

»Ich dachte, du wolltest mir etwas vorlesen, das du selbst geschrieben hast«, sagte ich, ohne mich zu rühren, »aber, wenn du meinst ... «

»Ja, ich weiß«, sagte er. »Nun gut, dann werde ich das zuerst tun. Aber ich möchte dir nachher zeigen, was ich meine. Aber – «

Er nahm die Papierblätter wieder hoch, rückte seine Brille zurecht und las weiter aus seinem Manuskript:

» – in Betton Court, wo vor Generationen zwei Landhausbibliotheken miteinander verschmolzen wurden, hatte keiner der Nachkommen eines der beiden Geschlechter sich je der Aufgabe gestellt, sie zu sortieren oder Duplikate loszuwerden.«

»Ich erzähle hier nicht von Raritäten, die ich entdeckt habe, von Shakespeare-Quartos *8), die in Bände mit politischen Traktaten eingebunden sind, oder etwas in dieser Art, sondern von einer Erfahrung, die mir bei meiner Suche widerfahren ist – eine Erfahrung, die ich weder erklären, noch in das Schema meines gewöhnlichen Lebens einordnen kann.«

»Es war, wie ich sagte, ein feuchter Augustnachmittag, ziemlich windig und recht warm. Draußen vor dem Fenster bewegten sich große nasse Bäume. Zwischen ihnen erstrecken sich grüne und gelbe Flächen (denn der Hof liegt hoch auf einem Berghang). In der Ferne sah man blaue Hügel, die vom Regen verhüllt waren, und über uns zogen sehr unruhige und trostlose Wolken in Richtung Nordwesten dahin.«

»Ich hatte meine Arbeit – wenn man so etwas Arbeit nennen kann – für einige Minuten unterbrochen, um am Fenster zu stehen und das alles zu betrachten, wie auch das Dach des Gewächshauses auf der rechten Seite, von dem das Wasser abglitt, und den Turm der Kirche, der sich dahinter erhob.«

70

»Alles sprach dafür, dass ich mit meiner Arbeit weitermachen sollte, denn es war nicht zu erwarten, dass es in den nächsten Stunden aufklaren würde.«

»Ich kehrte also zu den Regalen zurück, nahm einen Satz von acht oder neun Bänden mit der Aufschrift 'Traktate' heraus und brachte sie zur näheren Betrachtung auf den Tisch.«

»Sie stammten größtenteils aus der Regierungszeit von Königin Anne. *The Late Peace, The Late War, The Conduct of the Allies.* Es gab auch *Letters to a Convocation Man, Sermons preached at St Michael's, Queenhithe, Enquiries into a late Charge of the Rt. Rev. the Lord Bishop of Winchester* (oder wahrscheinlicher Winton) *to his Clergy.*«

»Das waren Themen, die alle einmal sehr lebendig waren und in der Tat noch so viel von ihrem alten Reiz behalten haben, dass ich versucht war, mich in einen Sessel am Fenster zu setzen und ihnen mehr Zeit zu geben, als ich beabsichtigt hatte. Außerdem war ich etwas müde von dem Tag. Die Kirchturmuhr schlug vier, und es war wirklich vier, denn 1889 gab es noch keine Sommerzeit [in England ab 1925].«

»Ich setzte mich also hin. Zuerst sah ich mir einige Kriegsschriften an und versuchte Swift [Jonathan Swift, irischer Schriftsteller] anhand seines Stils unter den unauffälligen Schriften herauszufinden. Aber die Kriegsschriften

71

erforderten mehr Wissen über die Geografie der Niederlande, als ich hatte. Ich wandte mich der Kirche zu und las mehrere Seiten dessen, was der Dekan von Canterbury anlässlich der Jahrestagung der 'Society for Promoting Christian Knowledge' im Jahre 1711 sagte.«

»Als ich dann meine Aufmerksamkeit dem Brief eines Gesegneten Geistlichen auf dem Land an den Bischof von C__r widmete, wurde ich müde und starrte einige Augenblicke lang ohne besonderes Interesse auf den folgenden Satz:«

'Ich bin davon überzeugt, dass Eure Lordschaft (wenn Ihr es wüsstet) alles daran setzen würde, diesen Missbrauch (denn ich halte es für gerechtfertigt, ihn so zu nennen) zu beseitigen. Aber ich bin ebenfalls davon überzeugt, dass Sie von seiner Existenz nicht mehr wissen, als in den Worten des Volksliedes steckt – '

'das, was in Betton Woods herumläuft, weiß, warum es herumläuft und warum es weint.'

»Sofort richtete ich mich in meinem Stuhl auf und fuhr mit dem Finger über die Zeilen, um mich zu vergewissern, dass ich sie richtig gelesen hatte.«

»Nein, es war kein Fehler«.

»Aus dem Rest des Pamphlets war nichts mehr zu entnehmen, und mit dem nächsten Absatz änderte sich dann das Thema:«

72

»'Aber ich habe genug zu diesen Dingen gesagt', lautete die Einleitung.«

»Auch die Namenlosigkeit des Gesegneten Geistlichen war so diskret, dass er sogar auf Initialen verzichtete und seinen Brief in London drucken ließ.«

»Das Rätsel war von einer Art, die andere weniger interessieren könnte; für mich aber, der sich viel mit volkstümlichen Werken beschäftigt hat, war es wirklich spannend.«

»Ich war fest entschlossen, dieses Rätsel zu lösen – ich meine, herauszufinden, welche Geschichte sich dahinter verbarg. Zumindest in einem Punkt konnte ich mich diesbezüglich glücklich schätzen: Hier in Betton war ich am Ort des Geschehens, während ich auch in einer weit entfernten College-Bibliothek auf den Absatz hätte stoßen können.«

»Die Kirchturmuhr schlug fünf, und ein einzelner Gongschlag folgte. Ich wusste, das bedeutete Tee. Ich erhob mich aus dem tiefen Sessel und folgte der Aufforderung.«

»Mein Gastgeber und ich waren allein auf dem Hofgut. Er kam bald herein, nass von einer Runde Besorgungen. Erst mussten noch Neuigkeiten aus der Gegend weitergegeben werden, bevor ich die Gelegenheit nutzen konnte, um zu fragen, ob es in der Gemeinde einen bestimmten Ort gab, der immer noch als Betton Wood bekannt war.«

»'Betton Wood' sagte er, 'war nur eine kurze Meile entfernt, direkt auf dem Kamm des Betton Hill, und mein Vater hat das letzte Stück davon gerodet. Ich denke, es war deshalb, weil es sich mehr lohnte, Mais anzubauen, statt Zwergeichen; ich weiß das aber auch nicht so genau. Warum wollen Sie etwas über Betton Wood wissen?'«

»'Weil', sagte ich, 'in einem alten Pamphlet, das ich gerade gelesen habe, zwei Zeilen eines Volksliedes stehen, in denen es erwähnt wird, und sie klingen, als ob eine Geschichte dazugehört. Jemand sagt, dass jemand anderes nicht mehr weiß als ...

... 'das, was in Betton Woods herumläuft, weiß, warum es herumläuft und warum es weint' ...

... was auch immer das bedeuten mag.«

»'Meine Güte', sagte Philipson, 'ich frage mich, ob das zusammenhängt mit ... Aber da müsste ich den alten Mitchell fragen.'«

»Er murmelte noch etwas vor sich hin, trank weiter seinen Tee und wirkte recht nachdenklich.«

»'Ob das zusammenhängt mit ... ?', wiederholte ich.«

»'Ja', antwortete er, 'ich wollte ihn fragen, ob es deshalb war, weil mein Vater den Wald roden ließ. Ich sagte vorhin, dass er es tat, um mehr Ackerland zu bekommen. Wie ich schon sagte,

74

weiß ich nicht, ob das wirklich der Grund gewesen war. Ich glaube nicht, dass er es jemals bearbeitet hat, denn im Moment ist es nur Weideland.'«

»'Aber es gibt zumindest einen alten Mann, der sich noch daran erinnern könnte – der eben genannte alte Mitchell.'«

»Er sah auf seine Uhr. 'Der Teufel soll mich holen, wenn ich nicht hinfahre und ihn frage. Ich glaube aber nicht, dass ich Sie mitnehme', fuhr er fort, 'er wird nicht so leicht etwas erzählen, was er für seltsam hält, wenn ein Fremder dabei ist.'«

»'Nun, dann denken Sie daran, dass Sie sich alles gut merken, was er Ihnen erzählt', sagte ich. 'Was mich betrifft, so werde ich hinausgehen, wenn sich das Wetter bessert, und wenn nicht, werde ich mit den Büchern weitermachen.'«

»Später klärte es sich zumindest so weit auf, dass ich es für lohnenswert hielt, auf den nächstgelegenen Hügel zu steigen und das Land zu überblicken. Ich kannte die Gegend, denn es war der erste Besuch, den ich Philipson abstattete, und dies war der allererste Tag davon.«

»Ohne viel nachzudenken, ging ich den Garten hinunter und durch die feuchten Sträucher hindurch. Ich leistete dem undeutlichen Impuls keinen Widerstand – aber war er denn wirklich so undeutlich? – der mich drängte, mich links zu halten, wenn immer ich an eine Weggabelung entlang des Weges kam.«

»So kam ich nach zehn Minuten – oder etwas mehr – ziellosem Umherlaufen zwischen tropfenden Buchsbaum-, Lorbeer- und Ligusterreihen an einen steinernen Bogen im gotischen Stil stehen blieb, der in die Steinmauer eingelassen war und den gesamten Grundbesitz umschloss. Die Tür war mit einem Schnappschloss verriegelt, das ich vorsichtshalber auf einem Steintopf liegen ließ, als ich mich hinaus auf die Straße begab.«

»Ich überquerte sie und bog in einen schmalen, zwischen Hecken liegenden Weg ein, der nach oben führte. Diesen Weg verfolgte ich in gemächlichem Tempo etwa eine halbe Meile lang und ging dann weiter zu dem Feld, bei dem er endete.«

»Bald befand ich mich an einem guten Aussichtspunkt, um die Lage des Hofes, des Dorfes und der Umgebung in Augenschein zu nehmen. Ich lehnte mich an ein Tor und blickte westwärts und nach unten.«

»Ich denke, wir alle kennen diese Landschaften – sind sie von Birket Foster [populärer englischer Zeichner] oder etwas früher? – die in Form von Holzschnitten die Gedichtbände schmücken, welche auf den Wohnzimmertischen unserer Väter und Großväter lagen – geprägte Kunsteinbände, das scheint mir die richtige Formulierung zu sein.«

»Ich gestehe, dass ich selbst ein Bewunderer von ihnen bin, vor allem jene, die den Bauern zeigen,

76

der sich über ein Gatter in einer Hecke beugt und am Fuße eines Abhangs den Kirchturm des Dorfes überblickt – umgeben von ehrwürdigen Bäumen und einer fruchtbaren, von Hecken durchzogenen Ebene und begrenzt von fernen Hügeln, hinter denen der Tageshimmel aufgeht oder verschwindet, inmitten flacher Wolken, die von seinen versinkenden oder heraufkommenden Strahlen erleuchtet werden.«

»Ich habe hier Ausdrücke und eine Art der Beschreibung verwendet, die mir für die Bilder, die ich vor Augen habe, angemessen erscheinen lassen; und wenn sich die Gelegenheit böte, zu malen, würde ich versuchen, im Tal, im Hain, in der Hütte und am Wasser zu arbeiten.«

»Mir erscheinen sie jedenfalls wunderschön, diese Landschaften, und es war genau so eine, die ich jetzt betrachtete. Es könnte direkt aus 'Gems of Sacred Song, selected by a Lady' stammen, das Eleanor Philipson 1852 von ihrer engen Freundin Millicent Graves zum Geburtstag geschenkt wurde.«

»Mit einem Mal drehte ich mich um, als hätte mich etwas gestochen.«

»In mein rechtes Ohr drang ein Ton von unglaublicher Schärfe, wie der Schrei einer Fledermaus, nur zehnmal intensiver – etwas, bei dem man sich fragt, ob sich das nicht nur im eigenen Gehirn abgespielt hat. Ich hielt den Atem an, bedeckte mein Ohr und zitterte. Es muss

77

etwas mit dem Kreislauf zu tun haben, dachte ich; noch ein oder zwei Minuten, und ich kehre nach Hause zurück.«

»Eigentlich wollte ich mir den Anblick der Umgebung noch etwas fester einprägen, doch als ich mich wieder hinwandte, war die Stimmung verflogen. Die Sonne war hinter dem Hügel untergegangen und das Licht war von den Feldern verschwunden.«

»Als die Glocke im Kirchturm sieben schlug, dachte ich nicht mehr an sanfte Abendstunden der Ruhe und an den Duft von Blumen und Wäldern in der Abendluft oder daran, wie jemand auf einem Bauernhof ein oder zwei Meilen entfernt sagen würde: 'Wie klar die Glocke von Betton heute Abend nach dem Regen klingt!'«

»Stattdessen erschienen mir Bilder von staubigem Gebälk, kriechenden Spinnen, wilden Eulen oben im Turm, von vergessenen Gräbern und ihrem hässlichen Inhalt darunter, von der davoneilenden Zeit und allem, was sie aus meinem Leben genommen hatte.«

»Und gerade dann, in mein linkes Ohr hinein – als hätte man die Lippen bis auf einen Zentimeter an meinen Kopf herangeführt – ertönte erneut ein furchtbarer Schrei.«

»Ein Irrtum war jetzt ausgeschlossen. Er kam nicht aus meinem Inneren, sondern von draußen.

78

'Keine richtige Sprache, nur ein Schrei', war der Gedanke, der mir durch den Kopf schoss.«

»Er war abscheulicher als alles, was ich bis dahin und seitdem gehört hatte, aber ich konnte keinerlei Regungen darin entdecken und bezweifelte, dass ich irgendeine Mitteilung darin hätte finden können. Er bewirkte nur, dass er mir jeden Rest, jede Möglichkeit eines Vergnügens nahm und diesen Ort zu einem machte, an dem ich mich keinen Augenblick länger aufhalten konnte.«

»Natürlich war nichts zu sehen, aber ich war überzeugt, dass dieses Etwas, wenn ich wartete, wieder in seinem ungezügelten, endlosen Pochen über mich kommen würde, und ich konnte den Gedanken an eine dritte Wiederholung nicht ertragen.«

»Ich eilte zurück zum Weg und den Hügel hinunter. Doch als ich zu dem Bogen in der Mauer kam, blieb ich stehen. Konnte ich mir meines Weges in diesen feuchten Gassen sicher sein, die jetzt noch feuchter und noch dunkler sein würden?«

»Nein, und ich gestand mir ein, dass ich Angst hatte. Der Schrei auf dem Hügel hatte meine Nerven so sehr strapaziert, dass ich es mir nicht leisten konnte, auch nur von einem kleinen Vogel im Gebüsch oder einem Kaninchen erschreckt zu werden. Ich folgte dem Weg an der Mauer entlang, und es tat mir keinesfalls leid, als ich zum Tor und zur Hütte kam und Philipson aus der Richtung des Dorfes heraufkommen sah.«

»'Und wo waren Sie gewesen?'«, fragte er.«

»'Ich habe den Weg genommen, der den Hügel hinaufführt, gegenüber dem Steinbogen in der Mauer.'«

»'Oh! Haben Sie das? Dann waren Sie ganz in der Nähe von Betton Wood, zumindest, wenn Sie ihm bis zum Gipfel und auf das Feld hinaus gefolgt sind.'«

»Und, wenn der Leser es mir glaubt, dies war das erste Mal, dass ich zwei und zwei zusammenzählte.«

»Hatte ich Philipson bereits erzählt, was mir passiert war? Nein, das habe ich nicht.«

»Ich hatte bisher keine auch anderen Erlebnisse dieser Art, die man als übernatürlich oder supernormal oder überphysisch bezeichnet. Obwohl ich sehr wohl wusste, dass ich über dieses bestimmte Erlebnis bald sprechen musste, hatte ich in diesem Moment keineswegs den Wunsch, es zu tun. Ich bin mir sicher, dass ich irgendwo gelesen habe, dies sei in solchen Situationen häufig der Fall.«

»Also sagte ich nur: 'Haben Sie den alten Mann gesehen, den Sie treffen wollten?'«

»'Den alten Mitchell? Ja, habe ich', sagte er, 'und ich konnte so etwas wie eine Geschichte aus ihm herausbekommen. Ich behalte sie bis nach dem Essen für mich. Sie ist wirklich ziemlich seltsam'.«

»Als wir uns dann nach dem Essen niedergelassen hatten, begann er, wie er sagte, den Dialog, der stattgefunden hatte, getreulich wiederzugeben:«

»Mitchell, nicht weit über achtzig Jahre alt, saß in seinem Sessel. Die verheiratete Tochter, bei der er lebte, ging immer wieder herein und heraus und bereitete den Tee vor.«

»Nach der üblichen Begrüßung hatte ich gesagt: 'Mitchell, ich möchte, dass Sie mir etwas über den Wald erzählen.'«

»'Welcher Wald soll das sein, Master Reginald?', hatte Mitchell gefragt.«

»'Betton Wood. Erinnern Sie sich daran?'«

»Mitchell hob langsam die Hand und zeigte einen anklagenden Zeigefinger. 'Es war euer Vater, der Betton Wood hat verschwinden lassen, Master Reginald, so viel kann ich Euch sagen.'«

»'Nun, ich weiß, dass es so war, Mitchell', sagte ich. 'Ihr braucht mich nicht so anzusehen, als wäre es meine Schuld.'«

»'Ihre Schuld? Nein, ich sage, es war die Schuld ihres Vaters, und das war vor ihrer Zeit.'«

»'Ja, und wenn man die Wahrheit kennt, dann war es wohl *ihr* Vater gewesen, der ihm dazu geraten hat', entgegnete ich; 'und ich möchte wissen warum.'«

»Mitchell schien ein wenig amüsiert zu sein. 'Nun', sagte er, 'mein Vater war der Waldarbeiter ihres Vaters und ihres Großvaters vor ihm, und wenn er nicht gewusst hätte, was zu seiner Arbeit gehört, dann hätte er diesen Vorschlag nicht gemacht. Wenn er also einen solchen Rat gegeben hat, dann müsste er wohl seine Gründe gehabt haben, nicht wahr?'«

»'Natürlich hatte er die', hatte ich ihm geantwortet, 'und ich möchte, dass Sie mir sagen, welche das waren.'«

»'Nun, Master Reginald, wie kommen Sie darauf, dass ich weiß, was seine Gründe waren, ich weiß nicht einmal mehr, wie viele Jahre das her ist?'«

»'Zugegeben, das ist gewiss eine lange Zeit her', sagte ich, 'und Sie könnten es leicht vergessen haben, wenn Sie es je gewusst hatten. Ich nehme an, das Einzige, was ich tun kann, ist, den alten Ellis zu fragen, ob er sich noch daran erinnern kann.'«

»Das hatte die Wirkung, die ich mir erhofft hatte.«

»'Der alte Ellis!', knurrte er. 'Das ist das erste Mal, dass ich jemanden sagen höre, der alte Ellis sei zu irgendetwas zu gebrauchen. Ich hätte gedacht, dass Ihr das selbst besser wisst, Master Reginald. Was glaubt Ihr, was der alte Ellis Euch mehr über Betton Wood erzählen kann als ich, und was gibt es für einen Grund, ihm mir vorzuziehen, möchte ich wissen. Sein Vater war kein Waldarbeiter an diesem Ort. Er hatte Felder umgepflügt – das hat er gemacht, und jeder kann Euch das sagen, der ihn kennt; jeder kann Euch das sagen.'«

»'Genau, Mitchell, aber wenn Sie alles über Betton Wood wissen und es mir nicht sagen wollen, dann muss ich das Nächstbeste tun und versuchen, es aus jemand anderem herauszubekommen; und der alte Ellis ist schon fast so lange hier an diesem Ort, wie Sie es sind.'«

»'Das ist er nicht, es fehlen achtzehn Monate! Wer sagt denn, dass ich dir nichts über den Wald erzählen würde? Ich habe nichts dagegen; es ist nur eine komische Geschichte, und ich glaube nicht, dass es gut wäre, wenn sie die ganze Gemeinde kennt.'«

»'Hör zu Lizzie, bleib ein bisschen in der Küche', sagte er zu seiner Tochter. 'Ich und Master Reginald wollen ein oder zwei Worte unter vier Augen wechseln.'«

»'Aber eines würde ich gerne wissen, Master Reginald', sagte er dann, 'was hat Sie dazu bewogen, gerade heute danach zu fragen?'«

»'Ich habe zufällig von einem alten Sprichwort gehört, über etwas, das im Wald von Betton spazieren geht. Und ich habe mich gefragt, ob das etwas damit zu tun hat, dass er weggemacht wurde. Das ist alles.'«

»'Nun, Ihr habt recht, Master Reginald, wie auch immer Ihr es erfahren habt, und ich glaube, ich kann Euch die Geschichte besser als jeder andere in dieser Gemeinde erklären, geschweige denn der alte Ellis.'«

»'Sehen Sie, es war so: Der kürzeste Weg zur Allens Farm führte durch den Wald, und als wir klein waren, ging meine arme Mutter oftmals in der Woche zur Farm, um einen Liter Milch zu holen, denn Mr. Allen, der die Farm damals von Ihrem Vater gepachtet hatte, war ein guter Mann und bereit, jedem der eine junge Familie zu ernähren hatte, eine bestimmte Menge Milch in der Woche zu geben.'«

»'Aber vergessen Sie das jetzt. Meine arme Mutter ging nie gern durch den Wald, weil viel darüber geredet wurde und es Sprüche gab, wie die, von denen Sie gerade berichtet haben. Aber hin und wieder, wenn sie mit ihrer Arbeit spät dran war, musste sie den kurzen Weg durch den Wald nehmen, und so sicher wie immer, kam sie ziemlich aufgeregt zurück nach Hause.'«

84

»'Ich erinnere mich, wie sie und mein Vater darüber sprachen, und er sagte: 'Aber es kann dir doch kein Leid antun Emma', und sie sagte: 'Oh, aber du hast ja keine Ahnung, George. Es ging mir direkt durch den Kopf hindurch', sagt sie, 'und ich war so verwirrt, als ob ich nicht wüsste, wo ich bin.'«

»'Siehst du, George', sagt sie, du warst niemals in der Dämmerung dort. Du gehst immer tagsüber dorthin, nicht wahr?', und er sagt: 'Natürlich tue ich das, hältst du mich etwa für einen Narren?' Und so machten sie immer weiter.'«

»'Die Zeit verging, und ich glaube, es hat sie kaputtgemacht, denn es hatte keinen Sinn, vor dem Nachmittag Milch zu holen, und sie wollte auch keines von uns Kindern hinschicken, weil sie Angst hatte, dass wir uns erschrecken würden. Und sie wollte uns auch nicht selbst davon erzählen. 'Nein', sagte sie, 'für mich ist es schon schlimm genug. Ich will nicht, dass jemand anderes das durchmacht und auch nicht, dass man darüber spricht.'«

»'Aber einmal, so erinnere ich mich, sagte sie: 'Nun, zuerst ist es ein Rascheln wie im Gebüsch, das sehr schnell kommt, je nach der Tageszeit auf mich zu oder hinter mir her, und dann kommt dieser Schrei, der von einem Ohr zum anderen durch den Kopf geht, und je später ich durch den Wald laufe, desto eher höre ich ihn zweimal; aber Gott sei Dank habe ich ihn noch nie dreimal gehört.'«

»'Und dann fragte ich sie und sagte: 'Warum erscheint es so, als ob jemand die ganze Zeit hin und her läuft, wie du sagst?' Und sie sagte: 'Ja, das tut sie, aber was immer sie will, das kann ich mir nicht denken.'«

»'Und ich sagte: 'Sie? Ist es eine Frau, Mutter?', und sie sagte: 'Ja, ich habe gehört, dass es eine Frau ist."«

»'Wie auch immer, am Ende sprach mein Vater mit ihrem Vater und sagte ihm, dass der Wald ein schlechter Wald sei. 'Es gibt nie ein Stück Wild darin und auch kein Vogelnest', sagte er, 'und er hat auch keinen Nutzen für Sie."«

»'Und nach langem Gerede kam ihr Vater zu meiner Mutter, und als er sah, dass sie nicht zu den dummen Frauen gehört, die wegen nichts nervös werden, war er überzeugt, dass da etwas dran war. Danach hat er sich in der Nachbarschaft umgehört, und ich glaube, er hat etwas herausgefunden und es auf ein Blatt Papier geschrieben. Es ist vielleicht das, welches sie oben auf dem Hofgut gesehen haben, Master Reginald.'«

»'Und dann gab er den Befehl, und das Holz wurde gerodet. Sie haben die ganze Arbeit tagsüber gemacht, wenn ich mich recht erinnere, und waren nie nach drei nachmittags Uhr noch dort.'«

»'Haben sie nichts gefunden, was das alles erklären könnte, Mitchell?', sagte ich. 'Keine Knochen oder etwas in der Art?'«

»'Nichts, Master Reginald, nur die Spuren einer Hecke und eines Grabens in der Mitte, ungefähr dort, wo jetzt die Weißdornhecke verläuft, und bei all der Arbeit, die sie gemacht haben, hätten sie jemanden finden müssen, wenn er dort abgelegt worden wäre. Aber ich weiß nicht, ob das alles überhaupt etwas genützt hat. Den Leuten hier scheint der Ort nicht besser zu gefallen als vorher.'«

»'Das ist das, was ich von Mitchell erfahren habe', sagte Philipson, 'und was die Erklärung für alles angeht, so stehen wir genau da, wo wir waren. Ich muss sehen, ob ich das Papier finden kann.'«

»Warum hat Ihnen Ihr Vater nie etwas davon erzählt?«, fragte ich.

»'Er starb, bevor ich zur Schule ging, und ich kann mir vorstellen, dass er uns Kinder mit solchen Geschichten nicht erschrecken wollte. Ich kann mich aber daran erinnern, dass ich, als wir nach Hause zurückkamen, von meiner Amme geschüttelt und geohrfeigt wurde, weil ich an einem späten Winternachmittag den Weg zum

Wald hinaufgelaufen war. Aber tagsüber hinderte uns niemand daran, in den Wald zu gehen, wenn wir es wollten – nur wollten wir es nie.'«

»'Hm!', sagte ich, und dann: 'Glauben Sie, dass Sie das Papier finden können, das ihr Vater geschrieben hat?'«

»'Ja', sagte er, 'ich denke schon. Ich nehme an, es liegt nicht weiter weg als der Schrank hinter Ihnen. Es gibt ein oder zwei Bündel von Dokumenten, die besonders beiseitegelegt wurden, und die meisten davon habe ich zu verschiedenen Zeiten durchgesehen. Ich weiß, dass es einen Umschlag gibt, der mit Betton Wood beschriftet ist: Aber, da es kein Betton Wood mehr gab, dachte ich nicht, dass es sich nicht lohnen würde, ihn zu öffnen, und ich habe es nie getan. Aber jetzt werden wir es tun.'«

»'Bevor Sie das machen' (ich zögerte noch immer, aber ich dachte, dies sei vielleicht der richtige Moment für meine Enthüllung), sage ich Ihnen besser, dass ich glaube, dass Mitchell recht hatte, als er bezweifelte, dass die Rodung des Waldes die Sache in Ordnung gebracht hat.'«

»Und nun gab ich ihm den Bericht über die Dinge, den Sie bereits kennen. Ich brauche nicht besonders zu erwähnen, dass Philipson sehr daran interessiert war.«

»'Sie ist immer noch da?', fragte er. 'Das ist erstaunlich. Kommen Sie jetzt mit mir raus, um zu sehen, was passiert?'«

»'Ich werde nichts dergleichen tun', sagte ich, 'und wenn Sie das Gefühl kennen würden, wären Sie froh, zehn Meilen in die entgegengesetzte Richtung zu laufen. Wir sollten nicht weiter darüber reden. Öffnen Sie den Umschlag, und lassen Sie uns sehen, was Ihr Vater herausgefunden hat.'«

»Er tat dies und las mir die drei oder vier Seiten mit Notizen vor, die in dem Umschlag steckten. Oben stand ein Motto aus Scotts 'Glenfinlas' [das Buch 'Glenfilas' von Walter Scott], das mir gut gewählt schien:«

'Wo, so sagt man, der schreiende Geist wandelt.'

»Dann gab es Notizen über sein Gespräch mit Mitchells Mutter, aus denen ich nur so viel entnehme:«

'Ich fragte sie, ob sie nie glaubte, etwas gesehen zu haben, was die Geräusche erklären könnte, die sie hörte. Sie sagte mir, dass es nur ein einziges Mal der Fall war, an dem dunkelsten Abend, an dem sie jemals durch den Wald gegangen war. Sie fühlte einen Drang, hinter sich zu schauen, als das Rascheln in den Büschen kam, und sie glaubte, etwas in Fetzen zu sehen, mit den beiden Armen davor ausgestreckt, das sich sehr schnell

89

näherte, und da rannte sie zum Zaunübertritt und zerriss ihr Kleid in Fetzen, als sie ihn überwand.'

»Danach war er, wie aus dem Papier zu entnehmen war, zu zwei anderen Leuten gegangen, die er als sehr gesprächsscheu empfand. Sie schienen unter anderem der Meinung zu sein, dass dies einen schlechten Ruf über die Gemeinde bringen könnte.«

»Eine von ihnen, Mrs. Emma Frost, ließ sich jedoch überreden, zu wiederholen, was ihre Mutter ihr erzählt hatte: 'Man sagt, es war eine Dame mit Adelstitel, die zweimal geheiratet hat. Ihr erster Mann hieß Brown oder vielleicht Bryan (Ja, es gab Bryans am Hof, bevor er in den Besitz unserer Familie kam, hatte Philipson hinzugefügt), und sie hat den Grenzstein ihres Nachbarn entfernt. Jedenfalls nahm sie ein gutes Stück des besten Weidelands in der Gemeinde Betton an sich, das von Rechts wegen zwei Kindern gehörte. Die hatten aber niemanden, der für sie sprach, und man sagt, dass sie Jahre später immer bösartiger wurde und falsche Papiere ausstellte, um in London Tausende von Pfund zu verdienen.'«

»Schließlich wurde offiziell bewiesen, dass sie falsch waren, und sie wäre vor Gericht gestellt und wahrscheinlich zum Tode verurteilt worden, nur dass sie zu diesem Zeitpunkt entkommen konnte. Aber niemand kann sich dem Fluch entziehen, der auf einen gelegt ist, der den Grenzstein entfernt, und so nehmen wir an, dass sie Betton nicht verlassen kann, bevor es jemand wieder in Ordnung bringt.'«

»Am Ende des Papiers befand sich ein Vermerk in diesem Sinne: 'Ich bedauere, dass ich keinen Hinweis auf frühere Besitzer der an den Wald angrenzenden Felder finden kann. Ich zögere nicht, zu sagen, dass ich, wenn ich sie oder ihre Vertreter ausfindig machen könnte, mein Bestes tun würde, um sie für das Unrecht, das ihnen in längst vergangenen Jahren angetan wurde, zu entschädigen, denn es ist unbestreitbar, dass der Wald in der von den Bewohnern des Ortes beschriebenen, sehr seltsamen Weise, gestört ist.'«

»Und weiter: 'In Unkenntnis des Ausmaßes des unrechtmäßig angeeigneten Landes und der rechtmäßigen Eigentümer sehe ich mich gezwungen, die Gewinne aus diesem Teil des Anwesens gesondert aufzuschreiben, und ich habe es mir zur Gewohnheit gemacht, die Summe, die dem jährlichen Ertrag von etwa fünf Morgen entspricht, für das Gemeinwohl der Gemeinde und für wohltätige Zwecke zu verwenden, und ich hoffe, dass diejenigen, die meine Nachfolge antreten, diese Praxis fortsetzen werden.'«

»So viel zum Papier des alten Herrn Philipson.«

»Für diejenigen, die wie ich Leser der staatlichen Gerichtsprozesse sind, wird es die Situation sehr erhellt haben. Diese werden sich daran erinnern, wie zwischen den Jahren 1678 und 1684 Lady Ivy, ehemals Theodosia Bryan, abwechselnd Klägerin und Beklagte in einer Reihe von Prozessen war, in denen sie versuchte, einen Anspruch gegen den Dekan und das Domkapitel von St. Paul's auf ein beträchtliches und sehr wertvolles Stück Land in Shadwell geltend zu machen.«

»Wie im letzten dieser Prozesse, der unter dem Vorsitz von L.C.J. Jeffreys stattfand, wurde bis ins Detail bewiesen, dass die Urkunden, auf die sie ihren Anspruch stützte, Fälschungen waren, die auf ihre Anweisung hin angefertigt worden waren; und wie sie, nachdem eine Anklage wegen Meineids und Fälschung gegen sie erlassen worden war, vollkommen verschwand – so vollkommen, dass mir kein Experte je sagen konnte, was aus ihr geworden ist.«

»Legt die Geschichte, die ich erzählt habe, nicht nahe, dass man sie immer noch an den Plätzen ihrer früheren und im böswilligen Sinn erfolgreicheren Unternehmungen hören kann?«

»'Das', sagte mein Freund, während er seine Papiere zusammenfaltete, 'ist eine sehr getreue Aufzeichnung meiner außergewöhnlichen Erfahrung. Und nun ... '«

Ich hatte ihm aber noch so viele Fragen zu stellen, z. B. ob seine Bekanntschaft den richtigen Besitzer des Grundstücks gefunden hat, ob er

92

etwas an dem Ort bei der Weißdornhecke unternommen habe, ob die Geräusche jetzt überhaupt noch zu hören seien, wie der genaue Titel und das Datum seines Pamphlets lauteten, usw., usw., sodass die Schlafenszeit kam und wieder verging, ohne dass mein Freund die Gelegenheit hatte, auf die Literaturbeilage der Times zurückzukommen.

EIN BLICK VOM HÜGEL

Wie angenehm kann es sein, am ersten Tag eines längeren Urlaubs allein in der ersten Klasse eines Eisenbahnwaggons durch ein Stück unbekanntes englisches Land zu trödeln und an jeder Station anzuhalten. Sie haben eine Landkarte auf dem Schoß und erkennen die Dörfer, die rechts und links von Ihnen liegen, an ihren Kirchtürmen. Sie wundern sich über die völlige Stille, die Sie beim Anhalten an den Bahnhöfen begleitet, nur unterbrochen von einem knirschenden Fußtritt auf dem Kiesweg.

Aber vielleicht erlebt man das am besten erst nach Sonnenuntergang, und bei dem Reisenden, an den ich jetzt denke, fand sein gemächliches Vorankommen schon an einem sonnigen Nachmittag in der zweiten Junihälfte statt.

Er befand sich im tiefsten Inneren des Landes. Ich brauche nicht weiter darauf einzugehen, als zu sagen, dass, wenn man die Karte Englands in vier

Viertel unterteilen würde, er im südwestlichen von diesen zu finden wäre.

Dieser Mann steckte noch in einer akademischen Ausbildung, und das Semester war gerade zu Ende gegangen. Er befand sich auf dem Weg zu einem neuen Freund, der erheblich älter als er selbst war. Die beiden hatten sich bei einer offiziellen Erkundigung in der Stadt kennengelernt und festgestellt, dass sie viele gemeinsame Vorlieben und Gewohnheiten hatten und einander mochten. Das Ergebnis war eine Einladung von dem Gutsherrn Richards an Mr. Fanshawe, die nun mit Leben erfüllt wurde.

Die Reise endete gegen fünf Uhr. Ein fröhlicher Kofferträger vom Land teilte Fanshawe mit, dass der Wagen vom Landsitz bereits am Bahnhof gewesen sei und eine Nachricht hinterlassen habe. Es musste dringend etwas abgeholt werden, nur eine halbe Meile weiter weg gelegen, und ob der Herr bitte ein paar Minuten warten wolle, bis man zurückkomme.

»Aber wie ich sehe«, sagte der Träger, »haben Sie Ihr Fahrrad dabei, und Sie könnten es vielleicht angenehmer finden, wenn Sie selbst zum Landsitz hinauffahren. Geradeaus die Straße hinauf und dann die erste Abzweigung nach links – es sind nicht mehr als zwei Meilen – und ich werde dafür sorgen, dass Ihre Sachen später im Wagen verstaut werden.«

»Sie werden entschuldigen, dass ich es vorgeschlagen habe«, fuhr er fort, »aber ich dachte, es wäre ein schöner Abend für eine Ausfahrt. Ja, Sir, wir haben heute einen schönen Tag, geradezu das richtige Wetter, um das Heu hereinzuholen.«

»Lassen Sie mich sehen, ich habe Ihre Karte für das Rad. Danke, Sir; vielen Dank: Sie können Ihren Weg nicht verfehlen, usw., usw.«

Die zwei Meilen bis zum Landsitz waren genau das, was man nach dem Tag im Zug brauchte, um die Schläfrigkeit zu vertreiben und den Wunsch nach Tee zu wecken. Als das Gebäude in Sicht kam, versprach es auch genau das, was man nach Tagen des Sitzens in Ausschüssen und College-Meetings als gemächlichen Platz zum Ausruhen brauchte.

Es war weder aufregend alt noch deprimierend neu. Verputzte Wände, Sprossenfenster, alte Bäume und glatte Rasenflächen waren die Merkmale, die Fanshawe auffielen, als er die Einfahrt hinaufkam. Richards, der Gutsherr, ein stämmiger Mann um die sechzig, erwartete ihn bereits auf der Veranda mit sichtlicher Freude.

»Erst einmal Tee?«, sagte er, »oder möchten Sie einen Drink? Nein? Na gut, der Tee ist im Garten angerichtet. Kommen Sie mit, man wird sich um ihre Tretmaschine kümmern. An so einem Tag trinke ich immer den Tee unter der Linde am Bach.«

95

Einen besseren Ort kann man sich nicht wünschen. Mitsommernachmittag, Schatten und Duft einer riesigen Linde, kühles, sprudelndes Wasser im Umkreis von fünf Metern. Es dauerte lange, bis einer von ihnen vorschlug, zurückzugehen.

Doch gegen sechs Uhr setzte sich Mr. Richards auf, drückte seine Pfeife aus und sagte: »Hören Sie, es ist jetzt kühl genug, um einen Spaziergang zu machen, wenn Sie Lust dazu haben?«

»Also gut«, sagte er dann. »Ich schlage vor, dass wir einen Spaziergang den Park hinauf und auf den Hügel machen, von wo aus wir das Land überblicken können. Wir nehmen eine Karte mit, und ich zeige Ihnen, wo alles ist.«

»Sie könnten auch mit ihrem Rad fahren, oder wir nehmen das Auto, je nachdem, ob Sie etwas mehr Bewegung wollen oder nicht. Wenn Sie bereit sind, können wir jetzt losgehen und vor acht Uhr zurück sein und es dabei ganz ruhig angehen lassen.«

»Ich bin bereit, sagte Mr. Fanshawe, aber ich hätte gern meinen Stock mitgenommen. Haben Sie ein Fernrohr? Ich habe meines vor einer Woche einem Mann geliehen, und der ist weiß Gott wohin gegangen und hat es mitgenommen.«

Mr. Richards überlegte. »Ja«, sagte er, »ich habe eins, aber das sind keine Dinge, die ich selbst benutze, und ich weiß nicht, ob das, welches ich

96

habe, für Sie geeignet ist. Es ist altmodisch und ungefähr doppelt so schwer wie die, welche sie jetzt herstellen. Sie können es gern haben, aber ich werde es nicht tragen. Übrigens, was wollen Sie nach dem Essen trinken?«

Beteuerungen, dass alles akzeptiert würde, wurden übergangen, und auf dem Weg in die Eingangshalle, wo Mr. Fanshawe seinen Stock fand, wurde eine zufriedenstellende Lösung gefunden.

Mr. Richards kniff nachdenklich die Unterlippe zusammen, griff in eine Schublade des Dielentisches und zog einen Schlüssel heraus. Dann ging zu einem Schrank in der Vertäfelung, öffnete ihn, nahm einen Kasten aus dem Regal und stellte ihn auf den Tisch.

»Das Fernrohr ist da drin«, sagte er, »und es gibt einen Trick, ihn zu öffnen, aber ich habe vergessen, wie. Versuchen Sie es.«

Also versuchte es Mr. Fanshawe. Es gab kein Schlüsselloch, und das Kästchen war massiv, schwer und glatt. Es schien offensichtlich, dass ein Teil davon gedrückt werden musste, bevor etwas passieren konnte.

'Die Ecken', sagte er zu sich selbst, 'sind die wahrscheinlichen Stellen, und es sind höllisch scharfe Ecken', dachte er weiter, als er sich den Daumen in den Mund steckte, nachdem er Kraft auf eine untere Ecke ausgeübt hatte.

»Was ist los?«, fragte der Gutsherr.

»Diese ekelhafte Borgia-Kiste*! Ich habe mich daran verletzt, verflixt«, sagte Fanshawe.

[* Anspielung auf eine geheime Schatzkiste der Borgias]

Der Gutsherr kicherte gefühllos. »Na ja, Sie haben sie jedenfalls geöffnet«, sagte er.

»Das habe ich! Nun, ich missgönne keinem einen Tropfen Blut für eine gute Sache, und hier ist das Fernrohr. Es *ist* ziemlich schwer, wie Sie gesagt haben, aber ich glaube, ich kann es tragen.«

»Fertig?«, fragte der Gutsherr. »Dann kommen Sie, wir gehen über den Garten hinaus.«

Sie gingen hinaus und dann weiter zum Park, der sich deutlich zu dem Hügel hinaufzog, und der, wie Fanshawe vom Zug aus gesehen hatte, das Land beherrschte. Er war ein Ausläufer eines größeren Gebirgszuges, der dahinter lag. Auf dem Weg dorthin wies der Gutsherr, der sich mit Erdbauarbeiten auskannte, auf verschiedene Stellen hin, an denen er Spuren von Kriegsgräben und Ähnlichem entdeckt hatte oder vermutete.

»Und hier«, sagte er, als sie auf einem mehr oder weniger ebenen Grundstück mit einem Kranz großer Bäume anhielten, »ist Baxters römische Villa.«

98

»Baxter?«, sagte Mr. Fanshawe.

»Oh, ich habe ganz vergessen, dass Sie ihn nicht kennen. Das Fernrohr, das ich erworben habe, war von diesem alten Kerl. Ich glaube, er hat es selbst gemacht. Er war ein alter Uhrmacher unten im Dorf und ein großer Antiquitätensammler.«

»Mein Vater hatte ihm erlaubt, immer dort zu graben, wo es ihm gefiel, und wenn er einen Fund machte, lieh er ihm sogar ein oder zwei Männer, die ihm dann beim Graben halfen.«

»Über die Zeit hat er erstaunlich viele Dinge zusammengetragen, und als er starb – ich glaube, das ist zehn oder fünfzehn Jahre her – habe ich alles aufgekauft und dem Stadtmuseum geschenkt.«

»Wir werden in den nächsten Tagen dorthin gehen und uns alles ansehen. Das Fernrohr kam mit dem Rest zu mir, aber ich habe es behalten. Wenn Sie es sich ansehen, werden Sie sehen, dass es mehr oder weniger von einem Nicht-Fachmann gemacht worden ist – der Korpus und die Gläser stammen natürlich nicht von ihm.«

»Ja, ich sehe, es ist genau in der Art hergestellt, wie es ein geschickter Handwerker hinkriegen würde, der aus einer anderen Branche kommt. Aber ich verstehe nicht, warum er es so schwer gemacht hat. Und hat Baxter hier tatsächlich eine römische Villa gefunden?«

»Ja, dort, wo wir stehen, ist ein Gehweg aufgeschüttet. Sie war zu mitgenommen und zu schlicht, um sie aufzubauen, aber natürlich gibt es Zeichnungen davon. Die kleinen Dinge und Töpferwaren, die zum Vorschein kamen, waren ziemlich gut in ihrer Art.«

»Ein genialer Kerl, der alte Baxter: Er schien einen ganz besonderen Instinkt für diese Dinge zu haben und war für unsere Archäologen von unschätzbarem Wert. Er schloss tagelang seinen Laden und wanderte durch die Gegend, um Orte, an denen er etwas entdeckte, auf der Landkarte zu markieren; außerdem führte er ein Buch mit ausführlicheren Notizen über diese Plätze. Seit seinem Tod sind viele von ihnen untersucht worden, und es gab immer etwas, das ihm recht gab.«

»Was für ein guter Mann!«, sagte Mr. Fanshawe.

»Gut?«, sagte der Gutsbesitzer und schaute unwirsch hoch.

»Ich meinte eher, dass es nützlich ist, ihn an solch einem Ort zu haben«, sagte Mr. Fanshawe. »Aber war er schlecht, vielleicht ein Gauner?«

»Das weiß ich auch nicht«, sagte der Gutsherr, »aber ich kann nur sagen, wenn er ein guter Mensch war, dann hatte er kein Glück. Und er war nicht beliebt.«

100

»Ich mochte ihn nicht«, fügte er nach einem Moment hinzu.

»Oh?«, sagte Fanshawe mit fragendem Blick.

»Nein, ich mochte ihn nicht; aber genug von Baxter; außerdem ist das hier das steilste Stück, und ich will nicht reden und gleichzeitig gehen.«

Es war in der Tat heiß und schwierig an diesem Abend den glitschigen Grashang hinaufzusteigen.

»Ich habe selbst gesagt, dass wir den kürzesten Weg nehmen sollen«, keuchte der Gutsherr, »und ich wünschte, ich hätte es nicht getan. Ein Bad wird uns nicht schaden, wenn wir zurückkommen.«

»Hier sind wir«, sagte er schließlich, »und dort können wir sitzen.«

Eine kleine Gruppe alter schottischer Tannen krönte den Gipfel des Hügels, und am Rande dessen befand sich ein breiter, fester Sitz, auf dem sich die beiden niederließen, sich die Stirn abwischten und wieder zu Atem kamen.

»Nun denn«, sagte der Gutsherr, sobald er in der Lage war, zusammenhängend zu sprechen, »hier können Sie ihr Fernrohr benutzen. Aber Sie sollten sich erst einmal umschauen. Meine Güte! Ich habe die Aussicht noch nie so schön gesehen.«

Während ich dies schreibe, jetzt, wo der Winterwind gegen die dunklen Fenster schlägt und die rauschende, tosende See nur hundert Meter entfernt ist, fällt es mir schwer, die Gefühle und Worte aufzubringen, die den Leser in den Genuss des Juniabends und der schönen englischen Landschaft bringen, von denen der Gutsherr sprach.

Über eine weite, ebene Fläche hinweg blickten sie auf große Hügelketten, deren teils grüne, teils bewaldete Erhebungen das Licht einer von Westen kommenden, aber noch nicht tief stehenden Sonne auf sich zogen. Die ganze Gegend war fruchtbar, obwohl der Fluss, der sie durchquerte, kaum zu sehen war. Es gab Wäldchen, grünen Weizen, Hecken und Weiden und die kleine, dichte, weiße, am Himmel entlang ziehende Wolke kündigte den herannahenden Abend an.

Die Augen schauten auf rote Bauernhöfe und graue Häuser, in der näheren Umgebung verstreute Häuschen und schließlich den Gutshof, der sich unter den Hügel schmiegte. Der Rauch der Schornsteine war sehr blau und gerade. In der Luft lag der Geruch von Heu, und an den Büschen in der Nähe wuchsen wilde Rosen – es war die Blütezeit des Sommers.

Nach einigen Minuten stillen Nachdenkens begann der Gutsherr auf die wichtigsten Merkmale, die Hügel und Täler, hinzuweisen und zu sagen, wo die Städte und Dörfer lagen.

»Jetzt«, sagte er, »können Sie mit dem Fernrohr die Abtei von Fulnaker ausmachen. Ziehen Sie eine Linie über das große grüne Feld, dann über den Wald dahinter und dann über den Hof auf der Anhöhe.«

»Ja, ja«, sagte Fanshawe. »Ich habe ihn. Was für ein schöner Turm!«

»Sie müssen sich in der Richtung geirrt haben«, sagte der Gutsherr, »ich erinnere mich nicht an einen Turm in der Nähe, es sei denn, es ist die Kirche von Oldbourne, die Sie im Auge haben. Und wenn Sie das einen schönen Turm nennen, sind Sie leicht zufriedenzustellen.«

»Nun, ich finde schon, dass es ein schöner Turm ist«, sagte Fanshawe, das Fernrohr immer noch auf den Augen, »ob er nun zu Oldbourne gehört oder woandershin.«

»Und er muss zu einer größeren Kirche gehören«, fuhr er fort, »für mich sieht er aus wie ein zentraler Turm, mit vier großen Zinnen an den Ecken und vier kleineren dazwischen. Ich muss unbedingt dorthin gehen. Wie weit ist es?«

»Oldbourne ist ungefähr neun Meilen entfernt, mehr oder weniger«, sagte der Gutsherr. »Es ist lange her, dass ich dort war, aber ich kann mich nicht erinnern, dass ich mir jemals etwas daraus gemacht habe. Ich werde Ihnen jetzt aber etwas anderes zeigen.«

Fanshawe hatte das Fernrohr gesenkt und starrte immer noch in die gleiche Richtung. »Nein«, sagte er, »ich kann mit dem bloßen Auge nichts erkennen. Was wollten Sie mir denn zeigen?«

»Ein gutes Stück weiter links – es sollte nicht schwer zu finden sein. Sehen Sie einen ziemlich plötzlich auftauchenden Hügel mit einem dichten Wald auf der Spitze? Er steht in direkter Linie zu dem einzelnen Baum auf der Spitze des großen Bergrückens.«

»Das tue ich«, sagte Fanshawe, der wieder durch das Fernrohr blickte, »und ich glaube, ich könnte Ihnen ohne große Schwierigkeiten sagen, wie er heißt.«

»Könnten Sie das?«, fragte der Gutsherr. »Nun, sagen Sie schon.«

»Gallows Hill [Galgenhügel]«, lautete die Antwort.

»Wie sind Sie darauf gekommen?«

»Nun, wenn man nicht will, dass es erraten wird, sollte man keine Attrappe eines Galgens aufstellen, mit einem Mann, der daran hängt.«

»Was soll das denn sein?«, fragte der Gutsherr abrupt. »Auf dem Hügel gibt es nichts außer Holz.«

»Im Gegenteil«, sagte Fanshawe, »oben ist eine große Grasfläche, und in der Mitte steht eine

Galgenattrappe, und als ich zuerst hinsah, dachte ich, da wäre etwas. Aber wenn ich jetzt mit bloßen Augen hinsehe, ist da nichts – oder doch? Ich bin mir nicht sicher.«

»Unsinn, Unsinn, Fanshawe, auf diesem Hügel gibt es weder eine Galgenattrappe noch irgendetwas anderes. Und es ist ein dichter Wald – eine ziemlich junge Plantage. Ich war vor nicht mal einem Jahr selbst dort. Geben Sie mir das Fernrohr, ich glaube nicht, dass ich etwas sehen kann«; und nach einer Pause: »Nein, das dachte ich mir schon, es zeigt mir gar nichts.«

In der Zwischenzeit suchte Fanshawe den Hügel nochmals ab – er war vielleicht nur zwei oder drei Meilen entfernt. »Nun, es ist sehr seltsam«, sagte er, »es sieht genau wie ein Wald aus, wenn man das Fernrohr nicht benutzt.«

Er nahm es wieder in die Hand. »Das ist einer der seltsamsten Effekte. Der Galgen ist ganz einfach zu sehen, und auch die Wiese, und es scheinen sogar Menschen darauf zu sein, und Karren oder ein Wagen mit Männern darin. Doch wenn ich das Glas wegnehme, ist da nichts. Es muss etwas mit der Art und Weise zu tun haben, wie das Nachmittagslicht fällt: Ich werde früher am Tag hier hinaufkommen, wenn die Sonne voll darauf scheint.«

»Sagten Sie, sie hätten Menschen und einen Wagen auf dem Hügel gesehen?«, fragte der Gutsherr ungläubig. »Was sollten sie dort zu dieser

Tageszeit machen, selbst wenn die Bäume gefällt worden sind? Bleiben Sie vernünftig und schauen noch einmal nach.«

»Nun, ich dachte, ich hätte sie gesehen. Ja, ich würde sagen, es gab einige von ihnen, die gerade dabei waren, wegzugehen.«

»Und jetzt, meine Güte, das sieht ja aus, als würde da etwas am Galgen hängen. Aber dieses Fernrohr ist so verdammt schwer, dass ich es nicht lange festhalten kann. Sie können mir glauben, dass da kein Holz ist. Und wenn Sie mir den Weg auf der Karte zeigen, werde ich morgen dorthin gehen.«

Der Gutsherr grübelte noch eine Weile vor sich hin. Schließlich erhob er sich und sagte: »Nun, ich denke, das ist die beste Lösung. Und jetzt gehen wir besser zurück. Baden und Abendessen wäre mein Vorschlag.«

Auf dem Rückweg war er nicht sehr gesprächig. Sie kehrten durch den Garten zurück und gingen in die große Halle, um die Stöcke usw. an ihrem Platz zu lassen. Und hier fanden sie den alten Butler Patten, der offensichtlich in einem Zustand der Unruhe war. »Verzeiht, Master Henry«, begann er sofort, »aber ich fürchte, hier hat jemand Unfug getrieben«, und er deutete auf das offene Kästchen, in dem das Fernrohr gelegen hatte.

»Nichts Schlimmeres als das, Patten?«, sagte der Gutsherr. »Darf ich nicht mein eigenes Fernrohr

106

herausnehmen lassen und es einem Freund leihen? Ich habe es mit meinem eigenen Geld gekauft, erinnern Sie sich? Es war der Nachlassverkauf vom alten Baxter, nicht wahr?«

Patten verbeugte sich und erschien nicht ganz überzeugt. »Oh, sehr wohl, Master Henry, solange Sie wissen, wer es war. Ich hielt es nur für angebracht, das zu erwähnen, denn ich kann mich nicht erinnern, dass der Kasten jemals aus dem Regal genommen worden ist, seit Sie ihn das erste Mal dort abgestellt hatten; und, wenn Sie mich entschuldigen, nach dem, was passiert ist ... «

Die Stimme war gesenkt, und der Rest war für Fanshawe nicht zu hören. Der Gutsherr antwortete darauf mit ein paar Worten und einem schroffen Lachen und forderte Fanshawe auf, mitzukommen und sich sein Zimmer zeigen zu lassen.

Ich denke nicht, dass sich in dieser Nacht noch etwas anderes ereignet hat, das für meine Geschichte von Bedeutung ist ...

... abgesehen vielleicht von dem Gefühl, das Fanshawe in den frühen Morgenstunden überkam, dass etwas herausgelassen worden war, was nicht hätte herausgelassen werden dürfen. Es kam zu ihm in seinen Träumen: Er machte einen Spaziergang in einem Garten, den er halb zu kennen schien, und blieb vor einem Steinhaufen

107

stehen, der aus alten bearbeiteten Steinen, Brocken von Fenster-Maßwerk aus einer Kirche und sogar aus Figuren bestand.

Etwas davon erregte seine Neugier: Es schien ein gemeißeltes Kapitell mit eingravierten Szenen zu sein. Er spürte, dass es herausziehen musste, und machte sich an die Arbeit. Mit einer Leichtigkeit, die ihn überraschte, schob er die Steine beiseite, die es verdeckten, und zog den Block heraus.

Als er dies tat, fiel ihm ein Blechschild mit einem kleinen Klappern vor die Füße. Er hob es auf und las darauf: 'Bewegen Sie diesen Stein auf keinen Fall. Hochachtungsvoll, J. Patten.'

Wie es so oft in Träumen passiert, spürte er, dass diese Aufforderung von äußerster Wichtigkeit war, und mit einer Besorgnis, die einer Qual gleichkam, schaute er nach, ob dieser Stein verschoben worden war.

In der Tat war er das; mehr noch: Er konnte ihn nirgends mehr sehen. Das Wegnehmen hatte die Öffnung einer Höhle freigelegt, und er beugte sich hinunter, um hineinzuschauen.

Etwas rührte sich in der Schwärze, und dann tauchte zu seinem großen Entsetzen eine Hand auf – eine saubere rechte Hand in einer ordentlichen Manschette und einem Mantelärmel, genau in der Haltung einer Hand, die einem die eigene schütteln will.

108

In seiner Verwirrung fragte er sich, ob es nicht unhöflich wäre, sie zu ignorieren. Doch als er sie ansah, wurde sie haarig, schmutzig und dünn und veränderte ihre Haltung, als wolle sie nach seinem Bein greifen. Da ließ er jeden Gedanken an Höflichkeit fallen, beschloss zu laufen, schrie – und wachte auf.

Dies war der Traum, an den er sich erinnerte; aber es schien ihm (wie das so oft passiert), dass es zuvor andere Träume gab, die auch wichtig, aber keineswegs so eindringlich gewesen waren.

Er lag noch eine Weile wach und rief sich die Einzelheiten des letzten Traums ins Gedächtnis, wobei er sich vor allem fragte, was die Gestalten gewesen waren, die er auf dem gemeißelten Kapitell gesehen oder halb gesehen hatte. Er war sich sicher, dass es sich um etwas ganz und gar Ungewöhnliches handelte, aber das war auch schon alles, woran er sich erinnern konnte.

Ob wegen des Traums oder weil es der erste Tag seines Urlaubs war, stand er nicht sehr früh auf und stürzte sich auch nicht sofort in die Erkundung des Landes. Er verbrachte einen halb faulen, halb lehrreichen Vormittag damit, die Bände der archäologischen Gesellschaft der Grafschaft durchzusehen, in denen Mr. Baxter zahlreiche Beiträge über Funde von Feuersteingeräten, römischen Stätten, Ruinen von Klosteranlagen, in der Tat über die meisten Bereiche der Archäologie hinweg, veröffentlicht hatte.

Sie waren in einem seltsamen, pompösen, nur halbgebildeten Stil geschrieben. Hätte der Mann eine bessere Schulbildung genossen, dachte Fanshawe, wäre er ein sehr angesehener Antiquar gewesen; oder er hätte es sein können (so relativierte er seine Meinung etwas später), wenn da nicht eine gewisse Vorliebe für Opposition und Kontroverse gewesen wäre, und, ja, ein herablassender Ton, als besäße er überlegenes Wissen, der einen unangenehmen Geschmack hinterließ.

Er hätte auch ein sehr angesehener Künstler sein können, denn es gab eine imaginäre Restaurierung und Errichtung einer Prioratskirche, die sehr gut durchdacht war. Ein feiner, mit Fialen versehener Mittelturm war ein auffälliges Merkmal dieser Kirche. Er erinnerte Fanshawe genau an die Kirche, die er vom Hügel aus gesehen hatte und von der ihm der Gutsherr gesagt hatte, dass es Oldbourne sein müsse. Aber es war nicht Oldbourne; es war das Fulnaker Kloster, wie die Beschriftung sagte.

'Oh, nun', sagte er zu sich selbst, 'ich nehme an, dass die Kirche von Oldbourne von den Fulnaker-Mönchen erbaut worden sein könnte, und Baxter hat den Turm von Oldbourne kopiert. Steht darüber etwas in den Büchern? Ah, ich sehe, es wurde nach seinem Tod veröffentlicht und unter seinen Unterlagen gefunden.'

Nach dem Mittagessen wurde Fanshawe vom Gutsherrn gefragt, was er vorhabe.

110

»Nun«, sagte Fanshawe, »ich denke, ich werde mit meinem Rad um vier bis nach Oldbourne und dann über Gallows Hill zurückfahren. Das dürfte eine Runde von etwa fünfzehn Meilen sein, nicht wahr?«

»So ungefähr«, sagte der Gutsherr, »und Sie kommen an Lambsfield und Wanstone vorbei, die beide einen Blick wert sind. In Lambsfield gibt es ein kleines Glasfenster und in Wanstone den Stein.«

»Gut«, sagte Fanshawe, »ich werde mir irgendwo einen Tee holen, und darf ich das Fernrohr mitnehmen? Ich werde es auf mein Fahrrad auf den Gepäckträger schnallen.«

»Natürlich, wenn Sie wollen«, sagte der Gutsherr. »Ich bräuchte wirklich ein besseres. Wenn ich heute in die Stadt gehe, werde ich sehen, ob ich eines auftreiben kann.«

»Warum sollten Sie sich die Mühe machen, wenn Sie sie selbst nicht gebrauchen können?«, sagte Fanshawe.

»Ach, ich weiß nicht; man sollte ein anständiges Fernrohr haben, und – nun ja, der alte Patten hält das alte nicht für brauchbar.«

»Kann er das denn beurteilen?«

»Er kennt da eine Geschichte, ich weiß nicht, irgendwas über den alten Baxter. Ich habe ihm versprochen, dass er mir davon erzählen darf. Es scheint ihn seit gestern Abend sehr zu beschäftigen.«

»Warum das? Hatte er einen Albtraum wie ich?«

»Es war etwas mit ihm. Er sah heute Morgen viel älter aus und sagte, er habe kein Auge zugemacht.«

»Dann soll er sich seine Geschichte aufheben, bis ich wiederkomme.«

»Sehr gut, ich werde daran denken, wenn ich kann. Noch etwas: Sie könnten verspätetet zurückkommen. Was wäre, wenn Sie nach acht Meilen eine Reifenpanne haben und nach Hause laufen müssen? Ich traue diesen Fahrrädern nicht. Ich werde Anweisung geben, dass sie uns vorsichtshalber kalte Sachen zum Essen vorbereiten.«

»Das wird mir nichts ausmachen, ob ich nun zu spät oder zu früh komme. Aber ich habe Dinge, mit denen ich Reifenpannen flicken kann. Und jetzt bin ich weg.«

Es war gut gewesen, dass der Gutsherr diese Absprache über ein kaltes Abendessen getroffen hatte, dachte Fanshawe, und das an diesem Tag nicht nur einmal, als er gegen neun Uhr abends mit seinem Fahrrad die Einfahrt hinaufkam.

112

Das dachte auch der Gutsherr und sagte es mehrmals, als er ihm in der Halle begegnete. Dennoch war er eher erfreut über die Bestätigung seines mangelnden Glaubens an Fahrräder, als mitfühlend mit seinem schwitzenden, müden, durstigen und in der Tat ausgezehrten Freund.

Das Freundlichste, was er sagen konnte, war: »Wollen Sie heute Abend einen Longdrink? Reicht ein Kelch Apfelwein? Na gut. Haben Sie das gehört, Patten? Einen Kelch mit Apfelwein. Eis dazu – und zwar jede Menge davon.«

Dann zu Fanshawe: »Verbringen Sie nicht zu viel Zeit mit ihrem Bad.«

Um halb zehn saßen sie beim Abendessen, und Fanshawe berichtete von Fortschritten, wenn man sie überhaupt als solche bezeichnen kann.

»Ich bin problemlos nach Lambsfield gekommen und habe die Glasscheiben gesehen. Sie sind sehr interessant, aber es gibt eine Menge Schriftzeichen, die ich nicht lesen konnte.«

»Nicht einmal mit dem Fernrohr?«, sagte der Gutsherr.

»Ihr Fernrohr ist in einer Kirche nicht zu gebrauchen – oder sonst wo im Inneren, nehme ich an. Aber die einzigen Orte, in die ich es mitgenommen habe, waren eben Kirchen."

»Hm! Nun, fahren Sie fort«, sagte der Gutsherr.

»Ich habe jedoch ein Foto von dem Fenster gemacht, und ich denke, dass eine Vergrößerung zeigen würde, was ich will.«

»Dann kam Wanstone. Ich würde sagen, dass dieser Stein eine sehr ungewöhnliche Sache ist, nur kenne ich mich mit dieser Art von antiken Schätzen nicht aus. Hat schon einmal jemand den Hügel aufgegraben, auf dem er steht?«

»Baxter wollte es, aber der Bauer hat es ihm nicht erlaubt«, sagte der Gutsherr.

»Nun, ich denke, es würde sich lohnen«, meinte Fanshawe.

»Wie auch immer, die nächsten Stationen waren Fulnaker und Oldbourne. Wissen Sie, dieser Turm, den ich vom Hügel aus gesehen habe, ist sehr merkwürdig. Bei der Kirche von Oldbourne gibt es nichts Vergleichbares, und natürlich ist auch in Fulnaker nichts höher als dreißig Fuß, obwohl man sehen kann, dass dort einmal ein zentraler Turm gestanden haben muss. Ich habe Ihnen nicht gesagt, oder doch, dass Baxters Fantasiezeichnung von Fulnaker genau so einen Turm zeigt, wie ich ihn mit dem Fernrohr gesehen habe?«

»Das haben Sie sich nur eingebildet, würde ich sagen«, warf der Gutsherr ein.

»Nein, das war keine Einbildung. Das Bild *erinnerte* mich tatsächlich an etwas, das ich

114

gesehen hatte, und ich dachte, es wäre Oldbourne, bevor ich mir die Überschrift angesehen habe, die sich eindeutig auf Fulnaker bezieht.«

»Nun, Baxter hatte eine sehr gute Vorstellung von Architektur. Ich denke, dass das, was in Fulnaker übrig geblieben ist, es ihm leicht gemacht hat, die richtige Art von Turm zu zeichnen«, warf der Gutsherr ein.

»Das kann natürlich sein, aber ich bezweifle, dass selbst ein Fachmann es so genau hinbekommen hätte. In Fulnaker ist absolut nichts mehr übrig, außer den Sockeln der Pfeiler, die es stützten. Aber das ist noch nicht das Seltsamste.«

»Was ist mit Gallows Hill?«, fragte der Gutsherr.

Zugleich wandte er sich Patten zu und sagte zu ihm: »Hier, Patten, hören Sie sich das an. Ich hatte Ihnen bereits gesagt, was Mr. Fanshawe vom Hügel aus gesehen haben will.«

»Ja, Master Henry, das haben Sie; und ich kann nicht sagen, dass mich das alles in allem nicht sonderlich überrascht hat.«

»Schon gut, schon gut. Behalten Sie das bis nachher für sich. Wir wollen hören, was Mr. Fanshawe heute gesehen hat.«

»Fahren Sie fort, Fanshawe. Sie sind über Ackford und Thorfield zurückgekommen, nehme ich an?«

»Ja, und ich habe mir die beiden Kirchen angesehen. Dann kam ich zu der Abzweigung, die zur Spitze des Gallows Hill führt. Ich sah, dass ich, wenn ich mein Rad über das Feld auf der Oberseite des Hügels lenken würde, auf dieser Seite auf die Hauptstraße gelangen konnte.«

»Es war etwa halb sieben, als ich auf dem Gipfel des Hügels ankam, und rechts von mir war ein Tor, das zum Plantagengürtel führte.«

»Haben Sie das gehört, Patten? Ein Plantagengürtel, sagt er.«

»Also, ich dachte nur, es wäre ein Plantagengürtel. Aber das war es nicht. Sie haben natürlich recht, und ich lag hoffnungslos daneben. Ich kann es nicht verstehen. Oben ist alles ziemlich dicht mit Pflanzen überwuchert.«

»Nun, ich fuhr weiter in dieses Gehölz hinein, schob und zog mein Rad und erwartete jede Minute, auf eine Lichtung zu kommen, und dann begann mein Unglück.«

»Zuerst bemerkte ich, dass der Vorderreifen schlapp war, dann der Hinterreifen. Ich konnte nur anhalten und nicht mehr tun, als zu versuchen, die Löcher zu finden und zu markieren, aber auch das war hoffnungslos. Also pflügte ich

116

weiter, und je weiter ich kam, desto weniger gefiel mir der Ort.«

»Da gibt es sicher wenig Wilderei in diesem Gestrüpp, was, Patten?«, sagte der Gutsherr.

»Nein, in der Tat, Master Henry: Es gibt nur sehr wenige, die sich dort die Mühe machen ... «

»Nein, ich weiß«, sagte der Gutsherr, »aber das ist jetzt auch egal. Fahren Sie fort, Fanshawe.«

»Ich mache niemandem einen Vorwurf, wenn er nicht dorthin gehen will. Ich weiß es, ich hatte all die Fantasien, die man am wenigsten mag: Schritte hinter mir über knisternde Zweige, undeutliche Menschen, die vor meinen Augen hinter Bäumen verschwinden, ja, und sogar eine Hand, die sich auf meine Schulter legte.«

»Ich fuhr daraufhin scharf hoch und schaute mich um, aber es gab wirklich keinen Ast oder Strauch, der das verursacht haben könnte. Dann, als ich mich fast in der Mitte des Grundstücks befand, war ich überzeugt, dass jemand von oben auf mich herabschaute – und das nicht in einer angenehmen Absicht.«

»Ich blieb wieder stehen – oder verlangsamte zumindest meinen Schritt – um nach oben zu sehen. Und als ich das tat, fiel ich vornüber und stieß mit meinen Schienbeinen auf abscheuliche Weise auf einen Steinblock mit einem großen quadratischen Loch in der Spitze. Und ein paar

Schritte weiter gab es zwei weitere, die genauso aussahen. Die drei waren in einem Dreieck angeordnet. Können Sie erklären, wozu sie dort hingestellt wurden?«

»Ich glaube, ich kann es«, sagte der Gutsherr, der jetzt sehr ernst wurde und der Geschichte aufmerksam lauschte.

»Setzen Sie sich zu uns«, sagte er dann zu Patten.

Es war an der Zeit, denn der alte Mann hatte sich die ganze Zeit über mit einer Hand an einem Stuhl abgestützt und lehnte schwer darauf. Er ließ sich hineinfallen und sagte mit zittriger Stimme: »Sie sind doch nicht etwa zwischen die Steine gegangen, oder, Sir?«

»Das habe ich *nicht* getan«, sagte Fanshawe mit Nachdruck. »Ich denke, dass ich ein Esel war, aber sobald mir klar wurde, wo ich mich befand, schulterte ich einfach mein Rad und tat mein Bestes, um zu wegzurennen.«

»Es kam mir vor, als befände ich mich auf einem unheiligen, bösen Friedhof, und ich war zutiefst dankbar, dass es einer der längsten Tage im Jahre war und noch die Sonne schien.«

»Nun, meine Lauferei war schrecklich, auch wenn es nur ein paar Hundert Meter waren. Alles verfing sich in allem: Griffe und Speichen und Gepäckträger und Pedale – alles verhedderte sich

118

in übelster Weise, oder jedenfalls bildete ich mir das ein. Ich bin mindestens fünfmal umgefallen, und dann sah ich endlich die Hecke, und ich konnte endlich zum Tor rennen.«

»Auf meiner Seite gibt es kein Tor«, warf der Gutsherr ein.

»Nun denn, ich habe trotzdem keine Zeit verloren. Ich habe das Rad irgendwie umgeworfen und bin fast kopfüber auf die Straße gefallen; irgendein Ast oder etwas anderes hat im letzten Moment meinen Knöchel erwischt. Jedenfalls war ich aus dem Gestrüpp heraus, und selten war ich dankbarer oder insgesamt leidgeprüfter.

Dann kam die Aufgabe, die Löcher zu flicken. Ich hatte eine gute Ausrüstung, und ich bin gar nicht so schlecht bei dieser Aufgabe, aber das war ein absolut hoffnungsloser Fall. Es war sieben Uhr, als ich aus dem Wald kam, und ich brauchte fünfzig Minuten für einen Reifen.«

»Kaum hatte ich jedoch ein Loch gefunden, einen Flicken aufgeklebt und den Reifen aufgeblasen, war er wieder platt. Also entschied ich mich, zu Fuß über den Hügel zu gehen. Der ist doch keine drei Meilen entfernt, oder?«

»Nicht mehr querfeldein, aber auf der Straße sind es eher sechs.«

»Das dachte ich auch. Wenn ich mit dem Fahrrad hätte fahren können, wäre ich so auch nicht schneller gewesen.

»Nun, das ist meine Geschichte; und wie ist ihre und die von Patten?«

»Meine Geschichte?«, antwortete zuerst der Gutsherr. »Ich habe keine«, sagte er. »Aber Sie lagen nicht weit daneben, als sie dachten, Sie wären auf einem Friedhof. Da oben muss es eine ganze Reihe von ihnen geben. Denken Sie das nicht auch, Patten? Sie haben sie dort gelassen, als sie in Verfall geraten sind.«

Patten nickte, aber er war zu sehr interessiert, um zu sprechen.

»Denken Sie das auch?«, wiederholte Fanshawe und sah Patten an.

»Nun, Patten«, sagte der Gutsherr. »Sie haben gehört, was Mr. Fanshawe erlebt hat. Was halten Sie davon? Hat es etwas mit Mr. Baxter zu tun? Aber füllen Sie sich erst einmal ein Glas Portwein ein, Patten, und erzählen Sie es uns dann.«

»Ah, das hat mir gutgetan, Master Henry«, sagte Patten, nachdem er das Glas ausgetrunken hatte und vor sich abgestellt hatte.

»Wenn Sie wirklich wissen wollen, was ich gedacht habe, dann würde ich das mit Baxter in meiner Antwort eindeutig mit 'Ja' bestätigen.«

»Ja«, sagte er nochmals und wurde gesprächiger, »ich würde sagen, dass Mr. Fanshawes heutige Erfahrungen sehr viel mit der von Ihnen genannten Person zu tun haben.«

»Und ich denke auch, Master Henry, dass ich ein gewisses Recht habe, zu sprechen, da ich mich über viele Jahre hin regelmäßig mit ihm unterhalten habe und vor zehn Jahren als Geschworener bei der Untersuchung des amtlichen Leichenbeschauers vereidigt wurde, während Sie damals, wenn Sie sich zurückerinnern, Master Henry, im Ausland unterwegs waren und niemand da war, um die Familie zu vertreten.

»Untersuchung?«, sagte Fanshawe. »Gab es wirklich eine Untersuchung von Mr. Baxter?«

»Ja, Sir, genau an dieser Person. Die Fakten, die zu diesem Vorfall führten, waren folgende:«

»Der Verstorbene war, wie Sie sich vielleicht denken können, ein sehr eigenartiges Individuum – zumindest meiner Ansicht nach, aber jeder kann da seine eigene Meinung haben. Er lebte ganz für sich allein, ohne Tusse und Kind, wie man so schön sagt. Und wie er seine Zeit verbrachte, konnten nur wenige erahnen.«

»Er lebte sehr im Verborgenen und nur wenige konnten wissen, wann Baxter aufhörte zu sein«, unterbrach der Gutsherr und schaute auf seine Pfeife.

121

»Ich bitte um Verzeihung, Master Henry, dazu wollte ich gerade kommen.«

»Wenn ich etwas darüber sage, wie er seine Zeit verbrachte – wir wissen ja, wie eifrig er die ganze Gegend durchstöberte und durchwühlte und wie viele Dinge er zusammengetragen hatte – nun, dann sprechen die Leute meilenweit herum von 'Baxters Museum'. So manches Mal, wenn er in der Stimmung war und ich eine Stunde Zeit hatte, zeigte er mir seine Stücke von Töpfen und so weiter, die nach seinen Angaben bis in die Zeit der alten Römer zurückreichten.«

»Aber darüber wisst Ihr mehr als ich, Master Henry. Was ich sagen wollte, war nur dies: So viel er auch wissen mag und so interessant er auch reden mag, es gab da etwas an dem Mann – nun, zum Beispiel erinnert sich niemand daran, ihn jemals in der Kirche oder Kapelle zur Gottesdienstzeit gesehen zu haben.«

»Und das gab Anlass zu reden. Unser Pfarrer kam nur ein einziges Mal ins Haus. 'Fragt mich nie, was der Mann gesagt hat' – das war alles, was man aus *ihm* herausbekommen konnte.«

»Und wie verbrachte er seine Nächte, besonders um diese Jahreszeit?«

»Immer wieder begegneten ihm die Arbeiter, wenn sie von ihrer Arbeit zurückkamen, und er ging wortlos an ihnen vorbei. Er erschien ihnen, wie sie sagten, wie jemand, der direkt aus dem

122

Irrenhaus kommt, überall sahen sie das Weiße seiner Augen. Er hatte einen Fischkorb bei sich, das haben sie bemerkt, und er kam immer denselben Weg, und es hieß, er hätte sich dort mit etwas beschäftigt, das nicht von der besten Art war – nun ja, nicht so weit von dem Ort entfernt, an dem Sie heute Abend um sieben Uhr waren, Sir.«

»Also, nach einer solchen Nacht hatte Mr. Baxter den Laden geschlossen, und die alte Dame, die für ihn arbeitete, hatte Anweisung erhalten, nicht hereinzukommen; und da sie seine Art zu sprechen kannte, achtete sie darauf, diese Anweisungen zu befolgen.«

»Aber eines Tages geschah es, dass gegen drei Uhr nachmittags, als das Haus, wie gesagt, verschlossen war, drinnen ein furchtbares Gedöns entstand, Rauch aus den Fenstern stieg und Baxter wie im Todeskampf zu schreien schien. Der Mann, der nebenan wohnte, rannte also zum Hinterhaus und brach die Tür auf, und einige andere kamen ebenfalls hinzu.«

»Er erzählte mir später, dass er in seinem ganzen Leben noch nie einen so fürchterlichen – ich meine, fürchterlichen Gestank – in seine Nase bekommen hatte, wie in dieser Küche. Es sah so aus, als hätte Baxter etwas in einem Topf gekocht und es auf sein Bein gekippt hätte. Er lag auf dem Boden und versuchte, die Schreie zu unterdrücken, aber es war mehr, als er verkraften konnte.«

»Als er die Leute hereinkommen sah – oh, da war er außer sich. Wenn seine Zunge schlimmer verbrannt gewesen wäre, als sein Bein, dann hätte er sich nicht wundern dürfen.«

Sie hoben ihn auf, setzten ihn auf einen Stuhl und riefen nach dem zum Arzt. Dann wollte einer von ihnen den Topf aufheben, und Baxter schrie, er solle ihn in Ruhe lassen. Das tat er auch, aber er konnte nichts anderes in dem Topf erkennen als ein paar alte braune Knochen.

»Dann sagten sie: 'Dr. Lawrence wird gleich hier sein, Mr. Baxter; er wird Sie in Ordnung bringen', und dann war er verschwunden.«

»Er musste auf sein Zimmer gegangen sein. Der Doktor durfte hier unten nicht reinkommen und das ganze Durcheinander sehen. Man musste ein Tuch darüber werfen, irgendetwas, das Tischtuch aus dem Salon, das hat man dann auch gemacht.«

»Aber es muss giftiges Zeug in dem Topf gewesen sein, denn es dauerte fast zwei Monate, bis Baxter wieder in Ordnung war.«

»Verzeihung, Master Henry, wolltet Ihr etwas sagen?«

»Ja, das wollte ich«, sagte der Gutsherr. »Ich wundere mich, dass Sie mir das alles nicht schon früher erzählt haben. Ich sollte erwähnen«, fuhr er fort, »dass ich mich daran erinnere, dass der alte Lawrence mir erzählte, er sei bei Baxter gewesen;

124

er sei ein komischer Kauz, sagte er. Lawrence war eines Tages oben im Schlafzimmer und nahm eine kleine Maske, die mit schwarzem Samt überzogen war, setzte sie zum Spaß auf und ging zum Spiegel, um sich zu betrachten.«

»Er hatte keine Zeit gehabt, einen richtigen Blick darauf zu werfen, denn der alte Baxter rief ihm vom Bett aus zu: 'Legen Sie sie weg, Sie Narr! Wollen Sie durch die Augen eines toten Mannes schauen?'«

»Das hatte ihn so sehr erschreckt, dass er sie weglegte und dann Baxter fragte, was er damit gemeint hat. Der bestand nur darauf, dass er sie ihm aushändigte und sagte, der Mann, von dem er sie gekauft hatte, sei tot, oder so ein Unsinn. Aber Lawrence betastete sie, als er sie aushändigte, und erklärte, er sei sich sicher, dass sie aus der Vorderseite eines Schädels gemacht sei.«

»Er habe später bei Baxters Nachlassverkauf einen Destillierapparat gekauft, erzählte er mir, aber er könne ihn nie benutzen. Er schien alles zu beflecken, wie sehr er ihn auch reinige.«

»Aber fahren Sie fort, Patten«, sagte der Gutsherr dann.

»Ja, Master Henry, ich bin jetzt fast fertig, und es wird auch Zeit, denn ich weiß nicht, was man im Bedienstetenzimmer über mich denken wird.«

125

»Nun, diese Sache mit dem Verbrühen war einige Jahre, bevor es Mr. Baxter endgültig erwischt hatte, und er wurde wieder ganz der Alte und machte so weiter, wie bisher, und eine der letzten Arbeiten, die er erledigt hat, war, das Fernrohr zu vervollständigen, das Sie gestern Abend herausgenommen haben.«

»Sehen Sie, er hatte das Gehäuse schon lange da liegen und die Gläser dafür besorgt, aber irgendetwas fehlte noch, um es fertigstellen.«

»Was auch immer es war, ich weiß es nicht, aber eines Tages nahm ich das Gestell in die Hand und sagte: 'Mr. Baxter, warum stellen Sie die Arbeit nicht fertig?' Und er sagte: 'Ah, wenn ich das getan habe, werden Sie es erfahren. Es wird kein Fernrohr wie meines geben, wenn es gefüllt und verschlossen ist. Da hielt er inne.«

»Und ich sagte: 'Aber, Mr. Baxter, Sie reden, als wären es Weinflaschen. Gefüllt und verschlossen – wozu soll das gut sein?«

»'Habe ich gefüllt und verschlossen gesagt?', antwortete er. 'Oh, na ja, ich habe halt mein Gespräch auf meine Gesellschaft abgestimmt.'«

»Eines schönen Abends, etwa zu der jetzigen Jahreszeit, kam ich auf dem Heimweg an seinem Laden vorbei. Er stand auf der Treppe, sehr zufrieden mit sich selbst, und sagte: 'So, jetzt ist es so weit; mein bestes Stück ist fertig, und morgen bin ich mit ihm draußen.'«

126

»'Was, fertig mit dem Fernrohr', sagte ich, kann ich es mir ansehen?'«

»'Nein, nein', sagte er, 'ich habe es für heute Nacht zur Seite gelegt, und wenn ich es Ihnen zeige, müssen Sie fürs Durchschauen bezahlen.«

»Und das, meine Herren, waren die letzten Worte, die ich diesen Mann sagen hörte.«

»Das war am 17. Juni, und nur eine Woche später passierte etwas Seltsames, und das war auch der Grund, warum wir bei der Untersuchung 'Unzurechnungsfähigkeit' angegeben haben, denn abgesehen davon hätte ihm niemand, der Baxter in seinem Geschäft kannte, das vorwerfen können.«

»George Williams, der im Haus nebenan wohnte und auch jetzt noch dort wohnt, wurde in derselben Nacht durch ein Stolpern und Taumeln im Haus von Mr. Baxter geweckt. Er stand auf und ging zum Straßenfenster, um zu sehen, ob irgendwelche ungehobelten Burschen unterwegs waren. Und da es eine sehr helle Nacht war, konnte er sich vergewissern, dass dem nicht so war.«

»Dann stand er da und lauschte, und er hörte, wie Mr. Baxter ganz langsam eine Stufe nach der anderen auf der Vordertreppe in seinem Haus hinunterkam. Es kam ihm so vor, als würde jemand gestoßen oder – gezogen werden und sich an allem festhalten, was er erreichen konnte.

127

»Als Nächstes hörte er, wie die Tür zur Straße aufging und Mr. Baxter in seiner Tageskleidung und allem auf die Straße trat. Die Arme hingen an der Seite herunter, er redete mit sich selbst und schüttelte den Kopf hin und her. Er lief auf eine so eigentümliche Weise, dass es schien, als würde er das gegen seinen eigenen Willen tun.«

George Williams zog das Fenster hoch und hörte ihn sagen: 'Gnade, meine Herren!', und dann war er plötzlich still, als hätte jemand die Hand über Baxters Mund gelegt. Er warf den Kopf zurück, und sein Hut fiel herunter.

»Und Williams sah, wie sein Gesicht etwas mitleidig aussah, sodass er sich nicht zurückhalten konnte, ihm zuzurufen: 'Na, Mr. Baxter, geht es Ihnen nicht gut?', und er wollte schon anbieten, Dr. Lawrence zu ihm zu holen, da hörte er die Antwort: 'Kümmern Sie sich lieber um Ihre eigenen Angelegenheiten. Ziehen Sie den Kopf ein.' Aber ob es wirklich Mr. Baxter gewesen war, der das so heiser und undeutlich sagte, konnte er nicht mit Sicherheit beantworten.«

»Es gab aber außer ihm niemand auf der Straße, und Williams war so verärgert über die Art, wie er sprach, dass er sich vom Fenster zurückzog und sich aufs Bett setzte.«

»Und er hörte, wie Mr. Baxter die Straße hinaufging, und nach einer Minute oder so konnte er nicht anders, als noch einmal hinauszuschauen, und er sah ihn derselben

128

seltsamen Weise gehen, wie zuvor. Und er erinnerte sich daran, dass Mr. Baxter nie angehalten hatte, um seinen Hut aufzuheben, als er heruntergefallen war, und trotzdem war er jetzt auf seinem Kopf.«

»Nun, Master Henry, das war das Letzte, was man von Mr. Baxter sah, zumindest für eine Woche oder länger. Viele Leute meinten, er sei geschäftlich weggerufen worden oder habe sich aus dem Staub gemacht; er war aber meilenweit bekannt, und weder die Eisenbahnleute, noch die Leute in den Wirtshäusern, hatten ihn gesehen.«

»Und dann wurde in den Teichen nachgesehen und nichts gefunden; und schließlich kam eines Abends Fakes, der Wärter, von jenseits des Hügels hinunter ins Dorf, und er sagte, der Galgenhügel sein schwarz von Vögeln gewesen, und das sei eine komische Sache, denn er habe noch nie ein Anzeichen einer Kreatur dort gesehen.«

»Also schauten sie sich gegenseitig an, und der erste Mann sagte 'ich bin bereit, hinaufzugehen', und ein anderer sagte 'ich auch, wenn du es bist', und dann machten sich ein halbes Dutzend von ihnen am Abend auf den Weg und nahmen Dr. Lawrence mit, und wissen Sie, Master Henry, da lag er zwischen den drei Steinen mit gebrochenem Genick.«

Man kann sich leicht vorstellen, welche Gespräche diese Geschichte noch ausgelöst hat. Doch bevor Patten sie verließ, sagte er zu Fanshawe: »Verzeihen Sie, Sir, aber habe ich das richtig verstanden, dass Sie das Fernrohr heute mitgenommen haben? Ich denke, das haben Sie; und darf ich fragen, ob Sie sie es überhaupt benutzt haben?«

»Ja, nur um mir in der Kirche etwas anzusehen.«

»Ach ja, Sie haben es mit in die Kirche genommen, nicht wahr, Sir?«

»Ja, das habe ich; es war die Kirche von Lambsfield. Übrigens, ich befürchte, dass ich es angeschnallt auf meinem Fahrrad im Stallhof zurückgelassen habe.«

»Das macht nichts, Sir. Ich kann es gleich morgen früh herbringen, und vielleicht sind Sie dann so gut und sehen sie es sich an.«

Noch vor dem Frühstück, nach einem ruhigen und wohlverdienten Schlaf, nahm Fanshawe das Fernrohr mit in den Garten und richtete es auf einen entfernten Hügel. Er setzte es sofort ab, betrachtete es oben und unten, drehte an den Stellschrauben, probierte es noch einmal und noch einmal, zuckte mit den Schultern und stellte es wieder auf den Dielentisch.

130

»Patten«, sagte er, »es ist absolut unbrauchbar. Ich kann nichts sehen: Es ist, als hätte jemand eine schwarze Oblate über das Glas geklebt.«

»Sie haben mein Fernrohr ruiniert?«, fragte der Gutsherr. »Danke, das ist das einzige, das ich habe.«

»Probieren Sie es selbst aus«, sagte Fanshawe, »ich habe nichts mit ihm gemacht.«

Nach dem Frühstück trug es der Gutsherr auf die Terrasse hinaus und stellte sich auf die Stufen. Nach einigen erfolglosen Versuchen sagte er ungeduldig: »Mein Gott, wie schwer es ist!«, und ließ es im selben Augenblick herunter auf die Steine fallen, woraufhin die Linse zersplitterte und das Rohr zerbrach.

Auf der Steinplatte bildete sich eine kleine Lache mit einer Flüssigkeit. Sie war tintenschwarz, und der Geruch, der von ihr ausging, ist nicht zu beschreiben.

»Gefüllt und verschlossen, wie?«, sagte der Gutsherr. »Wenn ich mich dazu durchringen könnte, es zu berühren, würden wir wohl die Dichtung finden. Das ist also das Ergebnis seines Kochens und Destillierens? Alter Leichenfledderer!«

»Was in aller Welt meinen Sie?«

»Verstehen Sie nicht, mein guter Mann? Erinnern Sie sich, was er dem Doktor über das 'Schauen durch die Augen eines Toten' sagte? Nun, das war nur eine andere Art und Weise, das zu tun.«

»Die Toten mochten es nicht, wenn man ihre Knochen kochte und ins Fernrohr einfüllte, nehme ich an, und am Ende haben sie ihn abgeholt, auch gegen seinen Willen.«

»Nun, ich hole einen Spaten, und wir werden das Ding anständig begraben«, sagte er dann.

Während sie die Grasnarbe wieder glätteten, übergab der Gutsherr den Spaten an Patten, der ehrfürchtig zugeschaut hatte und zu Fanshawe sagte: »Es ist fast schade, dass Sie das Ding nur mit in die Kirche genommen haben; Sie hätten mehr sehen können – Dinge, welche die Augen der Toten noch gesehen haben.«

»Baxter hatte es nur eine Woche lang, wie ich festgestellt habe, aber ich habe nicht bemerkt, dass er in dieser Zeit viel getan hätte.«

»Ich bin mir da nicht sicher«, sagte Fanshawe, »denn da gibt es dieses Bild mit dem Turm von der Fulnaker Klosterkirche ... «

EINE WARNUNG AN DIE NEUGIERIGEN

Der Ort an der Ostküste, mit dem sich der Leser vertraut machen soll, ist Seaburgh. Er unterscheidet sich heute nicht sehr von dem, wie ich ihn aus meiner Kindheit in Erinnerung habe: Im Süden von Marschen durchzogene Sümpfe, die an die ersten Kapitel des Buches *'Great Expectations'* * [Große Erwartungen] erinnern; im Norden platte Felder, die in Heide übergehen – im Landesinneren wieder Heide, Tannenwälder und vor allem Stechginster.

[* der dreizehnte und vorletzte, komplette Roman von Charles Dickens]

An der Küste entlang führt eine lange Strandpromenade und daneben eine Straße. Dahinter findet man eine geräumige Steinkirche, mit einem breiten, massiven Westturm und einem Geläut von sechs Glocken.

Wie gut erinnere ich mich noch an ihren Klang an einem heißen Sonntag im August, als unsere Gruppe langsam die weiße, staubige Böschung an der Straße hinaufging, denn die Kirche steht am oberen Ende eines kurzen, aber steilen Hangs.

An solchen heißen Tagen läuteten sie mit einem flachen, klappernden Ton, aber wenn die Temperaturen milder waren, klangen sie auch weicher.

Die Eisenbahn geht weiter bis zu ihrer kleinen Endstation an der gleichen Straße entlang. Kurz vor dem Bahnhof steht eine schöne weiße Windmühle, eine weitere in der Nähe des Kiesstrands am südlichen Ende der Stadt und andere, höher gelegen, konnte man im Norden sehen. Überall sah man mit Schiefer gedeckte Häuschen aus leuchtend roten Ziegeln ... aber warum erzähle ich Ihnen von all diesen banalen Dingen?

Tatsache ist, dass sie mir in die Feder fließen, sobald ich damit anfange, über Seaburgh zu schreiben. Ich hoffe, hier das Wesentliche zu Papier gebracht zu haben. Aber halt – bevor ich es vergesse: Ich bin noch nicht ganz fertig mit meiner Wortmalerei.

Wir entfernen uns nun vom Meer und der Stadt, gehen am Bahnhof vorbei und biegen rechts in eine Straße ein. Es ist um eine unbefestigte Straße, die parallel zur Bahnlinie führt und im weiteren Verlauf leicht ansteigt.

Zur Linken (wenn man jetzt nach Norden fährt) ist Heide, zur Rechten (die Seite zum Meer hin) befindet sich ein Gürtel alter Tannen, windgebeugt, mit dichten Spitzen und mit der typischen Neigung, die alte Bäume an der Küste haben. Vom Zug aus gesehen, würde man sofort merken, dass man sich einer windigen Küste nähert, wenn man es nicht ohnehin weiß.

Auf der Spitze eines kleinen Hügels erstreckt sich eine Reihe dieser Tannen in Richtung Meer auf einem Bergrücken, der in einem ziemlich ausgeprägten Hügel endet, welcher die ebenen Felder mit rauem Gras überragt und von einer kleinen Gruppe von Tannen gekrönt wird. Hier kann man sich an einem warmen Frühlingstag niederlassen und den Blick auf das blaue Meer, die weißen Windmühlen, die roten Häuschen, das leuchtend grüne Gras, den Kirchturm und den fernen Martello-Turm* im Süden genießen.

[* Martello-Turm werden die kleinen runden Befestigungen genannt, die das britische Empire zur Zeit der Napoleonischen Kriege errichtete.

Wie ich bereits sagte, lernte ich Seaburgh schon als Kind kennen; aber zwischen meinem frühen Wissen und dem, was ich in jüngerer Zeit erfahren habe, liegt eine Lücke von vielen Jahren. Dennoch hat der Ort seinen Platz in meiner Zuneigung behalten, und jede Geschichte, die ich aufschnappen konnte, war für mich von Interesse.

Eine solche Geschichte ist die nun geschilderte. Sie wurde mir an einem Ort erzählt, der sehr weit von Seaburgh entfernt liegt und ganz zufällig von einem Mann, dem ich einen Gefallen tun konnte. Er war, seiner Meinung nach, wohl gut genug, um mich so weit in sein Vertrauen einzubeziehen.

»Ich kenne das ganze Land hier«, sagte er, »mehr oder weniger. Im Frühjahr war ich ziemlich regelmäßig in Seaburgh zum Golfspielen gewesen und wohnte gewöhnlich im Hotel zum Bären mit einem Freund – Henry Long hieß er – Sie kannten ihn vielleicht.«

»Ja, flüchtig«, warf ich ein.

»Wir hatten uns ein zusätzliches privates Wohnzimmer geleistet und fühlten uns dort sehr wohl. Seit er gestorben ist, bin ich nicht mehr dorthin gegangen. Und ich weiß nicht, ob ich es nach der Sache, die bei unserem letzten Besuch passiert ist, überhaupt noch tun sollte.«

»Es war im April 19 __ als wir letztmals dort waren, und zufälligerweise waren wir fast die einzigen Gäste im Hotel. Die allgemeinen Aufenthaltsräume waren also praktisch leer, und deshalb wir waren umso überraschter, als sich nach dem Abendessen die Tür unseres Wohnzimmers öffnete und ein junger Mann den Kopf hereinsteckte.«

»Wir hatten diesen jungen Mann schon einmal gesehen. Er war ein eher unscheinbares, blutleeres Wesen – helles Haar und helle Augen – aber ganz und gar nicht unangenehm. Als er dann fragte: 'Entschuldigen Sie, ist dies hier ein Privatzimmer?', knurrten wir ihn nicht mit einem 'ja, so ist es' an, sondern Long sagte, oder ich tat es – wer auch immer: 'Bitte kommen Sie herein.'«

136

»'Oh, darf ich?', sagte er und schien erleichtert zu sein. Es war offensichtlich, dass er Gesellschaft suchte, und da er uns als ein vernünftiger Mensch erschien – einer, der einem nicht sofort seine ganze Familiengeschichte auftischt – forderten wir ihn auf, es sich gemütlich zu machen.«

»'Ich glaube, dass Sie die anderen Zimmer ziemlich trostlos finden', sagte ich.«

»'Ja, das stimmt', bestätigte er, und es wäre wirklich zu gütig von uns, ihn hereinzulassen, und so weiter ... «

»Nachdem das erledigt war, tat er so, als würde er ein Buch lesen. Long legte eine Patience, ich schrieb. Nach einigen Minuten wurde mir klar, dass unser Besucher ziemlich unruhig oder nervös war, was sich auch auf mich übertrug, und so legte ich meine Schreibsachen beiseite und wandte mich zu ihm hin, um mit ihm ins Gespräch zu kommen.«

»Nach einigen kurzen Bemerkungen, an die ich mich nicht mehr genau erinnern kann, wurde er ziemlich vertraulich.«

»'Sie werden mich als sehr merkwürdig empfinden', begann er, 'aber ich habe einen sehr schlimmen Schock erlitten.'«

»Nun, ich empfahl erst einmal aufmunterndes Getränk und machte eine entsprechende Bestellung. Der Kellner, der hereingekommen war, sorgte für eine kurze Unterbrechung, und ich fand, dass unser junger Mann sehr nervös wirkte, als sich die Tür öffnete.«

»Nach einer Weile erzählte er dann, was ihn bedrückte.«

»Es gab niemanden an diesem Ort, den er kannte, und er wusste zufällig, wer wir beide waren (es stellte sich heraus, dass es eine gemeinsame Bekanntschaft in der Stadt gab). Er wollte einen Rat von uns, wenn es uns nichts ausmachen würde.«

»'Aber natürlich', sagten wir beide, 'auf jeden Fall'. Long legte seine Karten weg, und wir hörten zu, was sein Problem war.«

»'Das alles hat vor mehr als einer Woche angefangen', sagte er, 'als ich mit dem Fahrrad nach Froston fuhr, nur etwa fünf oder sechs Meilen entfernt, um die dortige Kirche anzusehen – ich interessiere mich sehr für Architektur. Es gibt dort eine dieser hübschen Vorhallen mit Nischen und Wappen. Ich hatte ein Foto davon gemacht, und dann kam ein alter Mann, der auf dem Friedhof sauber gemacht hatte. Er fragte mich, ob ich Lust hätte, mir die Kirche von innen anzusehen.'«

»Ich bejahte dies, und er holte einen Schlüssel hervor und ließ mich hinein. Drinnen war nicht viel zu sehen, aber ich sagte ihm, dass es eine nette kleine Kirche sei und dass er sie sehr sauber

138

halten würde. 'Aber', fuhr ich fort, 'die Vorhalle ist der beste Teil davon.'«

»Als wir wieder draußen standen, sagte er: 'Ach ja, das ist eine schöne Halle; und wissen Sie, Sir, was das Wappen dort für eine Bedeutung hat?'«

»Er meinte das mit den drei Kronen, und obwohl ich kein großer Heraldiker bin, konnte ich sagen: 'Ja, ich denke, es ist das alte Wappen des Königreichs East Anglia [Ostanglien].'«

»'Das stimmt, Sir', sagte er, 'und wissen Sie, was die drei Kronen darauf bedeuten?'«

»Ich sagte, das dies zweifellos allgemein bekannt sein dürfte, aber ich könne mich nicht erinnern, es selbst jemals gehört zu haben.«

»'Nun', sagte er, 'obwohl Sie ein Studierter sind, kann ich Ihnen etwas sagen, was Sie noch nicht wissen. Das sind die drei Heiligen Kronen, die man in der Nähe der Küste vergraben hat, um die Deutschen von einer Landung abzuhalten – ach, ich sehe schon, Sie glauben das nicht. Aber ich sage Ihnen, wenn nicht noch eine der Heiligen Kronen dort in der Erde gewesen wäre, wären die Deutschen immer und immer wieder hier gelandet. Sie wären mit ihren Schiffen gekommen und hätten Mann, Frau und Kind in ihren Betten umgebracht. Also, das ist die Wahrheit, was ich Ihnen da sage, das ist sie. Und wenn Sie mir nicht glauben, können Sie den Pfarrer fragen.'«

139

»'Ach, da kommt er ja, fragen Sie ihn.'«

»Ich schaute mich um, und da kam der Pfarrer - ein gutaussehender alter Mann, den Weg herauf; und bevor ich dem alten Kirchendiener meine Zusicherung geben konnte, dass ich ihm glauben würde, wurde er ziemlich aufgeregt. Der Pfarrer unterbrach und sagte: 'Was hat das alles zu bedeuten, John?'«

»'Ich wünsche Ihnen einen guten Tag, Sir', sagte er dann zu mir. 'Haben Sie sich unsere kleine Kirche angesehen?'«

»Es folgte ein kurzes Gespräch, das dem alten Mann erlaubte, sich zu beruhigen, und dann fragte ihn der Pfarrer erneut, was los sei.«

»'Ach', sagte er, 'es ist nichts, ich habe dem Herrn nur gesagt, er solle *Sie* nach den Heiligen Kronen fragen.'«

»'Ja, natürlich', sagte der Pfarrer, 'das ist eine sehr merkwürdige Geschichte, nicht wahr? Aber ich weiß nicht, ob sich der Herr für unsere alten Geschichten interessiert, oder?'«

»'Oh, er wird sich schnell genug dafür interessieren', sagte der alte Mann, 'er wird sich auf das verlassen, was Sie ihm erzählen, Sir; schließlich kannten Sie William Ager selbst; den Vater und den Sohn auch.'«

»Ich sagte sofort, dass ich gerne alles darüber hören würde, und schon nach wenigen Minuten ging ich mit dem Pfarrer die Dorfstraße hinauf, wo der auf dem Weg ein oder zwei Worte an Gemeindemitglieder richten musste, und dann zum Pfarrhaus, wo er mich in sein Arbeitszimmer mitnahm.«

»Unterwegs konnte er feststellen, dass ich wirklich ein echtes Interesse an einem Stück Volkskunde hatte, und nicht nur ein gewöhnlicher Ausflügler war. Er war also sehr gesprächsbereit, und es überraschte mich, dass die besondere Legende, die er mir erzählte, noch nicht im Druck erschienen ist.«

»Seine Schilderung war wie folgt:«

»In dieser Gegend gab es schon immer den Glauben an die drei Heiligen Kronen. Die alten Leute sagen, dass sie an verschiedenen Stellen in Küstennähe vergraben wurden, um die Dänen, Franzosen oder Deutschen abzuhalten. Und sie sagen, dass eine der drei vor langer Zeit ausgegraben wurde, eine andere ist durch das Eindringen des Meeres verschwunden, und eine ist immer noch an ihrem Platz und verrichtet ihre Arbeit, um Eindringlinge abzuhalten.«

»Also, wenn Sie die üblichen Reiseführer und Geschichten dieser Grafschaft gelesen haben, werden Sie sich vielleicht daran erinnern, dass 1687 in Rendlesham eine Krone ausgegraben wurde, von der es hieß, sie sei die Krone von

Redwald, dem König der Ostanglier, und die leider, leider eingeschmolzen wurde, bevor sie überhaupt richtig beschrieben oder als Zeichnung festgehalten werden konnte.«

»Nun, Rendlesham liegt nicht direkt an der Küste, aber auch nicht sehr weit im Landesinneren und befindet sich an einer sehr wichtigen Zugangsstraße. Und ich glaube, dass es diese Krone ist, welche die Leute meinen, wenn sie sagen, dass eine von ihnen ausgegraben worden ist.«

»Dann gab es da im Süden einen Königspalast der Sachsen – ach, waren Sie vielleicht schon einmal dort gewesen? – der nun vom Meer überflutet ist. Nun, dort war die zweite Krone, wie ich glaube. Und zwischen diesen beiden, sagt man, liegt die dritte.«

»Wissen die Leute, wo sie ist?«, fragte ich sofort.

»Er sagte: 'Ja, das tun sie, aber sie verraten den Ort nicht', und seine Art ermutigte mich nicht, die nahe liegende Frage zu stellen, ob er auch zu den Eingeweihten gehören würde. Stattdessen wartete ich einen Moment und sagte: 'Was meinte der alte Mann, als er sagte, dass Sie William Ager noch kennengelernt haben, als ob das etwas mit den Kronen zu tun hätte?'«

»'Das stimmt', sagte er, 'und das ist eine andere seltsame Geschichte. Diese Agers – es ist ein sehr alter Name in dieser Gegend, aber ich konnte nicht feststellen, dass sie jemals Leute von hohem Stand oder große Grundbesitzer waren – diese Agers sagen oder sagten, dass ihr Zweig der Familie die Hüter der letzten Krone wären.'«

»'Ein gewisser alter Nathaniel Ager war der erste, den ich kannte – ich bin ganz in der Nähe geboren und aufgewachsen – und er kampierte, glaube ich, während des gesamten Krieges von 1870 an diesem bestimmten Ort. William, sein Sohn, hatte es genauso gemacht, soweit ich weiß, während des Südafrika-Krieges.'«

»'Und der *junge* William, der Sohn des Letzteren, der erst vor kurzem verstorben ist, wohnte in der Hütte in der Nähe des Ortes und hat zweifellos sein Ende beschleunigt, denn er war ausgemergelt, weil er sich überlastete und nachts wachte.'«

»'Und er war der Letzte dieses Familienzweiges. Der Gedanke, der Letzte zu sein, war für ihn ein schrecklicher Kummer, aber er konnte nichts tun, denn die einzigen Verwandten, die ihm nahe standen, lebten in den Kolonien. Ich habe für ihn Briefe an sie geschrieben und sie inständig gebeten, in einer für die Familie sehr wichtigen Angelegenheit herüberzukommen, aber er hat keine Antwort erhalten. So hat die letzte der Heiligen Kronen, wenn es sie denn gibt, keinen Hüter mehr.'«

»Das war es, was mir der Pfarrer erzählt hat, und Sie können sich vorstellen, wie interessant ich es fand. Das Einzige, woran ich denken konnte, als ich ihn verließ, war, wie ich die Stelle finden könnte, wo die Krone sein sollte. Ich wünschte, ich hätte es dabei belassen.«

»Aber es war eine Art Schicksal, denn als ich auf dem Rückweg mit dem Fahrrad an der Friedhofsmauer vorbeifuhr, fiel mir ein ziemlich neuer Grabstein ins Auge, auf dem der Name von William Ager stand. Natürlich stieg ich ab, um die Inschrift zu betrachten. Da stand: 'Aus dieser Gemeinde, gestorben in Seaburgh, 19 _ , im Alter von 28 Jahren.«

»Das war der entscheidende Hinweis, nicht wahr? Ein wenig kluges Nachfragen an der richtigen Stelle, und ich würde zumindest die Hütte finden, die nahe an dem Ort gelegen war, nur wusste ich nicht so recht, wo ich mit meiner Befragung beginnen sollte.«

»Und wieder war es das Schicksal, das Einfluss genommen hatte. Es führte mich in den Kuriositätenladen dort unten – Sie wissen schon – und ich blätterte in ein paar alten Büchern, und, stellen Sie sich vor, eines davon war ein Gebetbuch aus dem Jahr 1740er Jahren, in einem ziemlich schönen Einband – ich werde es gleich holen, es liegt in meinem Zimmer.«

Er ließ uns etwas überrascht zurück, aber wir hatten kaum Zeit, irgendwelche Bemerkungen auszutauschen, als er schon wieder keuchend zurückkam und uns das Buch reichte, das am

Deckblatt aufgeschlagen war und auf dem in schwungvoller Hand geschrieben stand:

Ich heiße Nathaniel Ager und meine Heimat ist England
Seaburgh ist mein Wohnsitz und Christus ist meine Rettung
Wenn ich tot bin und in meinem Grab, und alle meine Knochen verrottet sind,
hoffe ich, dass der Herr an mich denken wird, wenn ich ganz vergessen bin

Dieses Gedicht war auf 1754 datiert, und es gab viele weitere Einträge von den Agers, Nathaniel, Frederick, William usw., die mit dem jungen William im Jahre 19 __ endeten.

»Sehen Sie«, sagte er, »jeder würde es als großes Glück bezeichnen. Auch *ich* tat das, aber jetzt nicht mehr.«

»Selbstverständlich fragte ich den Mann im Laden nach William Ager, und natürlich erinnerte er sich zufällig daran, dass er in einer Hütte im Nordfeld wohnte und dort starb.«

»Damit war der Weg für mich vorgezeichnet. Ich wusste, um welche Hütte es sich handeln musste, denn es gibt dort nur eine einzige größere.«

»Nun galt es, mit den Leuten in Kontakt zu kommen, und ich machte sofort einen Spaziergang in diese Richtung.«

»Ein Hund hat dann alles für mich erledigt. Er stürzte sich so heftig auf mich, dass sie hinauslaufen und ihn verjagen mussten. Dann baten sie mich natürlich um Verzeihung, und wir kamen ins Gespräch. Ich brauchte nur den Namen von Ager zu erwähnen und so zu tun, als ob ich etwas über ihn wüsste oder zu wissen glaubte, und dann sagte die Frau, wie traurig es sei, dass er so jung gestorben sei, und sie sei sicher, dass es daher käme, dass er die Nacht in der Kälte im Freien verbracht habe.«

»Daraufhin musste ich nur fragen: 'Ist er nachts auf das Meer hinausgefahren?', und sie sagte: 'Oh nein, es war auf dem Hügel dort drüben mit den Bäumen darauf.' Und da war ich am Ziel.«

»Ich weiß, wie man in diesen Grabhügeln gräbt, denn ich habe schon viele von ihnen im Hinterland geöffnet; aber das war immer mit Erlaubnis des Besitzers, am helllichten Tag und mit Männern, die mir dabei halfen.«

»Hier aber musste ich sehr vorsichtig vorgehen, bevor ich einen Spaten ansetzen würde. Ich konnte nicht quer über den Hügel graben, und wegen der alten Tannen, die dort wuchsen, wusste ich, dass es unangenehme Baumwurzeln geben würde. Der Boden erwies sich aber als sehr locker, sandig und einfach, und es gab da ein Kaninchenloch oder so, das zu einer Art Tunnel ausgebaut werden konnte.«

146

»Das Hinausgehen aus dem Hotel und das Zurückkommen zu ungewöhnlichen Zeiten würde der unangenehme Teil werden. Als ich mich entschieden hatte, wo ich suchen wollte, sagte ich dem Hotelpersonal, dass ich für eine Nacht weggerufen wurde, und ich verbrachte sie dort draußen und habe meinen Tunnel gegraben. Ich werde Sie nicht mit den Details langweilen, wie ich ihn gestützt und anschließend verfüllt habe, aber die Hauptsache ist, dass ich die Krone bekommen habe.«

Natürlich brachen wir beide in Ausrufe der Überraschung und des Interesses aus. Ich wusste schon seit Langem von dem Fund der Krone in Rendlesham und hatte oft über ihr Schicksal geklagt. Niemand von uns hatte je eine angelsächsische Krone zu Gesicht bekommen. Aber unser Freund schaute uns mit einem reumütigen Blick an. »Ja«, sagte er, »und das Schlimmste ist, dass ich nicht weiß, wie ich sie wieder zurücklegen soll.«

»Zurücklegen?«, riefen wir. »Mein guter Herr, Sie haben einen der aufregendsten Funde gemacht, von denen man in diesem Land je gehört hat, und selbstverständlich gehört sie in die Schatzkammer im Tower. Was ist Ihr Problem? Wenn Sie an den Besitzer des Grundstücks denken, an den Schatz und all das, können wir Ihnen sicher weiterhelfen. Niemand wird in einem solchen Fall einen Aufstand um Formalitäten machen.«

147

Wahrscheinlich hatten wir noch mehr gesagt, aber alles, was er tat, war, sein Gesicht in die Hände zu legen und zu murmeln: »Ich weiß nicht, wie ich sie zurücklegen kann.«

Schließlich sagte Long: »Sie werden mir hoffentlich verzeihen, wenn ich unverschämt erscheine, aber sind Sie ganz sicher, dass Sie die richtige Krone haben?«

Ich wollte gerade die gleiche Frage stellen, denn natürlich kam mir die Geschichte wie das Hirngespinst eines Verrückten vor, wenn man darüber nachdachte. Aber ich hatte mich nicht getraut, etwas zu sagen, was die Gefühle des armen jungen Mannes verletzen könnte, doch er nahm es ganz ruhig auf – eigentlich mit der Ruhe der Verzweiflung, könnte man sagen.

Er setzte sich auf und sagte: »Oh ja, daran gibt es keinen Zweifel: Ich habe sie hier im Hotel im Zimmer in meinem Koffer verpackt. Sie können mitkommen und sie sich ansehen, wenn Sie wollen. Ich werde Ihnen aber nicht anbieten, sie herzubringen.«

Selbstverständlich wollten wir uns diese Chance nicht entgehen lassen und gingen mit ihm in sein Zimmer, das sich nur ein paar Türen weiter befand. Der Hausdiener war gerade dabei, die Schuhe im Gang einzusammeln; das dachten wir zumindest, später waren wir uns nicht mehr sicher.

148

Unser Besucher – sein Name war Paxton – zitterte noch mehr als zuvor. Eilig ging er ins Zimmer, winkte uns herein, machte das Licht an und schloss sorgfältig die Tür.

Dann öffnete er den Koffer und holte ein Bündel sauberer Taschentücher heraus, in das etwas eingeschlagen war, legte es auf das Bett und wickelte es heraus. Seit diesem Moment kann ich sagen, dass ich eine echte angelsächsische Krone gesehen habe.

Sie war aus Silber – wie die von Rendlesham immer beschrieben wird – mit einigen Edelsteinen besetzt, vor allem aber mit antiken Gravierungen und mit Kameen, insgesamt aber von eher schlichter, fast grober Verarbeitung. Sie war in der Tat so, wie man sie auf den Münzen und in den Handschriften sieht.

Es gab für mich keinen Grund zu der Annahme, dass sie später als im 9. Jahrhundert entstanden sein könnte. Ich war natürlich sehr interessiert und wollte sie in meinen Händen umdrehen, aber Paxton hielt mich davon ab. »Fassen Sie sie nicht an«, sagte er, »das mache ich.«

Und mit einem Seufzer, der, wie ich Ihnen sagen muss, schrecklich anzuhören war, nahm er sie hoch und drehte sie herum, sodass wir sie rundherum betrachten konnten.

»Genug gesehen?«, fragte er schließlich, und wir nickten. Er wickelte sie wieder ein, legte sie in seinen Koffer und sah uns stumm an.

»Kommen Sie mit uns zurück in unser Wohnzimmer«, sagte Long, »und sagen Sie uns, was das Problem ist.«

Er dankte uns und sagte: »Sehen Sie doch erst einmal nach, ob die Luft rein ist.«

Das war eigentlich nicht zu verstehen, denn unser Auftreten war ja nicht sehr verdächtig gewesen, und das Hotel stand, wie gesagt, praktisch leer. Aber wir begannen etwas zu ahnen – wir wussten nur nicht genau, was – und außerdem steckt Nervosität bekanntlich an.

Also taten wir ihm den Gefallen und schauten zuerst hinaus, als wir die Tür öffneten. Wir hatten den Eindruck (ich fand, dass wir beide diesen Eindruck hatten), dass ein Schatten, oder mehr als ein Schatten, geräuschlos vor uns zur Seite ging, als wir auf den Gang hinauskamen.

»Es ist alles in Ordnung«, flüsterten wir Paxton zu – Flüstern schien der richtige Ton zu sein – und gingen mit ihm zwischen uns zurück in unser Wohnzimmer, und als wir dort ankamen, war ich dabei in Ekstase zu geraten, über die einzigartige Bedeutung dessen, was wir gesehen hatten, aber als ich Paxton ansah, hatte ich den Eindruck, dass dies schrecklich unangebracht wäre, und ich ließ ihn zuerst sprechen.

150

»Was ist zu tun?«, fragte er.

Long hielt es für richtig, sich dumm zu stellen (wie er mir später erklärte) und sagte: »Warum finden wir nicht heraus, wer der Eigentümer des Grundstücks ist, und informieren ... «

»Oh, nein, nein!«, unterbrach ihn Paxton ungeduldig. »Ich bitte um Verzeihung; Sie waren sehr freundlich zu mir, aber sehen Sie nicht, dass sie unbedingt zurückgebracht werden muss? Nachts traue ich mich nicht dorthin, und tagsüber ist es unmöglich. Vielleicht verstehen Sie das nicht, aber die Wahrheit ist, dass ich nie mehr allein gewesen war, seit ich mit der Krone in Berührung gekommen bin.«

Ich wollte gerade eine recht dumme Bemerkung machen, aber Long warf mir einen Blick als Zeichen zu, und ich hielt inne. Dann sagte er: »Ich verstehe das vielleicht doch, aber wäre es nicht eine Erleichterung für Sie, wenn Sie uns ein wenig deutlicher sagen würden, wie die Lage ist?«

Dann kam alles aus ihm heraus: Paxton schaute über seine Schulter und winkte uns, näher zu ihm zu kommen, und begann mit leiser Stimme zu sprechen. Wir hörten natürlich sehr aufmerksam zu und machten uns Notizen, die wir anschließend verglichen haben. Dann schrieb ich unsere gemeinsame Version auf, sodass ich sicher bin, dass ich das, was er uns sagte, fast Wort für Wort erfasst habe.

»Es fing schon an«, sagte er, »als ich das erste Mal die Lage erkundete, und es hat mich immer wieder abgeschreckt. Es gab da immer jemanden – ein Mann – der bei einer der Tannen stand.«

»Das war bei Tageslicht, wissen Sie. Er war nie direkt vor mir. Ich sah ihn immer nur im Augenwinkel, manchmal links oder rechts, und er war nicht zu sehen, wenn ich direkt nach ihm suchte.«

»Ich legte mich für eine ganze Weile hin und beobachtete sorgfältig die Umgebung, um mich zu vergewissern, dass niemand da war, und wenn ich dann aufstand und mich wieder auf die Suche machte, war er wieder da.«

»Außerdem begann er, mir Hinweise zu geben:«

»Er machte dies zum Beispiel über mein Gebetbuch. Wo auch immer ich es liegen gelassen hatte – ich schloss es nicht weg, was ich später tat – lag es stets auf meinem Tisch, als ich in mein Zimmer zurückkam. Es war immer bei dem Deckblatt aufgeschlagen, an der Stelle, wo die Namen stehen, und eines meiner Rasiermesser lag darüber, um es offenzuhalten.«

»Ich bin sicher, dass er meinen Koffer nicht einfach öffnen konnte, sonst wäre mehr passiert. Sie sehen, er scheint schwerelos und schwach zu sein, aber trotzdem traue ich mich nicht, ihm gegenüberzutreten.«

»Dann, als ich den Tunnel aushob, wurde es natürlich noch schlimmer, und wenn ich nicht so begierig gewesen wäre, hätte ich die ganze Sache fallen lassen und weglaufen sollen.«

»Die ganze Zeit über hatte ich das Gefühl, als würde jemand an meinem Rücken kratzen. Lange Zeit dachte ich, es sei nur Erde, die auf mich herabfällt, aber als näher an – an die Krone herankam, war es unverkennbar.«

»Und als ich sie dann freigelegt hatte und herauszog, ertönte hinter mir eine Art Schrei – oh, ich kann Ihnen nicht sagen, wie trostlos er klang und auch furchtbar bedrohlich!

Das verdarb mir die ganze Freude an meinem Fund und ich hätte es in diesem Moment dabei belassen sollen. Wenn ich nicht der elende Narr gewesen wäre, der ich bin, hätte ich das Ding zurückgelegt und wäre gegangen. Aber ich tat es nicht.«

»Der Rest der Zeit war einfach schrecklich. Ich brauchte Stunden, bevor ich einigermaßen beruhigt ins Hotel zurückkehren konnte.«

»Zuerst musste ich aber noch meinen Tunnel zuschütten und meine Spuren verwischen, und die ganze Zeit über war er da und versuchte, mich zu behindern. Manchmal sieht man ihn, manchmal nicht, ganz wie es ihm gefällt, denke ich. Er ist da und hat eine gewisse Macht über deinen Blick.«

»Nun, ich konnte den Ort kurz vor Sonnenaufgang verlassen, und dann musste ich zum Eisenbahnknotenpunkt, um den Zug zurück nach Seaburgh zu nehmen. Und obwohl es recht bald hell wurde, weiß ich nicht, ob das die Sache besser gemacht hatte. Es gab immer Hecken oder Ginsterbüsche oder Parkeinzäunungen entlang der Straße – irgendeine Art von Deckung, meine ich – und ich kam keine Sekunde lang zur Ruhe.«

»Und als ich dann auf Leute traf, die auf dem Weg zur Arbeit waren, schauten sie mir immer sehr seltsam hinterher. Vielleicht waren sie überrascht, jemanden so früh zu sehen, aber ich glaube nicht, dass es nur daran lag, und ich weiß es auch jetzt nicht. Sie schienen nicht genau auf *mich* zu sehen. Und der Gepäckträger am Zug benahm sich auch so. Auch der Schaffner hielt mir die Tür auf, nachdem ich in den Wagen gestiegen war – aber so, wie er es tun würde, wenn noch jemand hinter mir käme, wissen Sie.«

»Oh, Sie können ganz sicher sein, dass es nicht nur meine Einbildung ist«, sagte er mit einem dumpfen Lachen und fuhr dann fort: »Und selbst wenn ich sie zurückbringen kann, wird er mir nicht verzeihen, das kann ich Ihnen sagen. Dabei war ich vor vierzehn Tagen noch so glücklich gewesen.«

Er sank zurück in seinem Stuhl, und ich glaube, er begann zu weinen.

154

Wir wussten nicht, was wir sagen sollten, hatten aber das Gefühl, dass wir ihm irgendwie helfen mussten, und so sagten wir – es schien wirklich das Einzige zu sein – dass wir ihm helfen würden, wenn er die Krone unbedingt wieder an ihren Platz zurücklegen wollte.

Und ich muss sagen, nach dem, was wir gehört hatten, schien es das einzig Richtige zu sein. Wenn diese schrecklichen Konsequenzen über den armen Mann gekommen sind, könnte dann nicht wirklich etwas an der ursprünglichen Idee dran sein, dass die Krone eine merkwürdige Macht mit sich bringt, um die Küste zu schützen? Zumindest war das mein Gefühl, und ich glaube, es war auch das von Long.

Unser Angebot war Paxton auf jeden Fall sehr willkommen. »Wann könnten wir es tun?«, sagte er.

Es war kurz vor halb elf. Könnten wir dem Personal im Hotel glaubhaft machen, dass wir noch in dieser Nacht einen späten Spaziergang machen wollten? Nun, vom Fenster aus sahen wir einen strahlenden Vollmond – der Ostermond.

Long nahm sich vor, die Sache mit dem Bediensteten anzugehen, um ihn zu beruhigen. Er sagte ihm, dass wir nicht viel länger als eine Stunde brauchen würden, und wenn wir es so angenehm fänden, dass wir noch ein bisschen länger aushielten, würden wir uns darum kümmern, dass es nicht sein Schaden sein würde, wenn er noch eine Weile wach bleiben müsste. Immerhin wir waren regelrechte Stammgäste des Hotels, machten keine großen Umstände und wurden von den Bediensteten nicht unter dem Durchschnitt stehend angesehen, was das Trinkgeld betraf.

So wurde der Bedienstete besänftigt und ließ uns auf die Strandpromenade hinaus. Er hatte uns noch eine Weile nachgeblickt, wie wir später erfuhren.

Paxton hatte einen großen Mantel über dem Arm, unter dem sich die eingepackte Krone befand, und so machten wir uns auf zu dieser seltsamen Aktion, noch bevor wir Zeit hatten, groß darüber nachzudenken, wie absurd dies alles war.

Ich habe diesen Teil der Geschichte bewusst kurz gehalten, denn er steht wirklich für die Eile, mit der wir unseren Plan beschlossen und zur Tat schritten.

Wir mussten natürlich den ganzen Weg zu Fuß zurücklegen. »Der kürzeste Weg führt den Hügel hinauf und durch den Kirchhof«, sagte Paxton, als wir noch einen Augenblick vor dem Hotel standen und uns umschauten.

Es war niemand zu sehen – überhaupt niemand. Seaburgh ist außerhalb der Saison ein ruhiger Ort, wo sich die Leute früh zurückziehen.

»Wir können auch nicht über den Deich bei der Hütte gehen, wegen des Hundes«, sagte Paxton noch, als ich auf den meiner Meinung nach kürzeren Weg vorne entlang über zwei Felder zeigte. Der Grund, den er dafür nannte, war einleuchtend genug.

Wir gingen dann die Straße zur Kirche hinauf und bogen am Tor zum Friedhof ein.

Ich gestehe, dass ich dachte, dort könnten einige Gestalten lauern, die wussten, was wir machten, aber wenn dem so gewesen wäre, hätten sie auch gewusst, dass jemand, der sozusagen auf ihrer Seite war, uns bereits unter Kontrolle hatte, und wir sahen auch keine Anzeichen von ihnen. Dennoch fühlten wir uns beobachtet, wie ich es noch nie erlebt hatte.

Dieser Eindruck verstärkte sich noch, als wir aus dem Friedhof heraus in einen schmalen Weg mit dichten, hohen Hecken einbogen. Wir eilten dort entlang, als wäre der Beelzebub hinter uns her, und gelangten so auf offenes Feld. Dann wieder an Hecken entlang, obwohl ich lieber im Freien gewesen wäre, wo ich erkennen könnte, ob jemand hinter mir zu sehen war.

Schließlich ging es noch über ein oder zwei Gatter hinweg, und dann ein Schlenker nach links, der uns auf den Kamm brachte, welcher auf diesem Hügel endete.

Als wir uns dem bestimmten Ort näherten, spürte Henry Long und auch ich, dass dort noch andere Schattenwesen waren, die auf uns warteten, neben unserem ständigen Begleiter.

Von Paxtons Aufregung während dieser ganzen Zeit kann ich Ihnen kein angemessenes Bild geben. Er atmete wie ein gejagtes Tier, und wir konnten beide nicht in sein Gesicht sehen. Wir hatten uns zuvor nicht die Mühe gemacht, darüber nachzudenken, wie er zurechtkommen würde, wenn wir am Ziel angekommen waren. Er schien sich sicher zu sein, dass das nicht schwierig sein würde, und das war es dann auch nicht.

Ich habe nie etwas Ähnliches gesehen wie die Wucht, mit der er sich auf eine bestimmte Stelle auf der Seite des Hügels stürzte und darin grub, sodass in wenigen Minuten der größte Teil seines Körpers nicht mehr zu sehen war. Wir standen da, hielten seinen Mantel und das Bündel Taschentücher in der Hand und sahen uns – zugegebenermaßen sehr ängstlich – um.

Es war nichts zu sehen. Hinter uns ragte eine Silhouette dunkler Tannen auf; es gab weitere Bäume auf der rechten Seite und den eine halbe Meile entfernten Kirchturm. Auf der linken Seite sah man Hütten und eine Windmühle am Horizont, und das ruhige Meer lag direkt vor uns. Aus der Ferne kam das schwache Bellen eines Hundes von einem Landhaus und zwischen ihm und uns befand sich ein schimmernder Deich.

158

Der Vollmond spiegelte sich im Meer und wir hörten nur das ewige Flüstern der schottischen Tannen und das Rauschen des Meeres. Doch in all dieser Stille spürten wir, ganz in unserer Nähe, eine bedrohliche, derzeit noch gezügelte Feindseligkeit, wie ein Hund an der Leine, der jeden Moment losgelassen werden konnte.

Paxton zog sich aus dem Erdloch zurück und streckte uns eine Hand entgegen. »Geben Sie sie mir«, flüsterte er, »ausgewickelt.«

Wir falteten die Taschentücher auseinander, und er fasste die Krone. Das Mondlicht fiel auf sie, als er sie an sich riss. Wir selbst hatten das Stück Metall nicht berührt, und ich denke seither, dass das auch gut so war. Im nächsten Moment war Paxton wieder aus dem Loch heraus und damit beschäftigt, die Erde mit blutenden Händen hineinzuschaufeln. Unsere Hilfe wollte er allerdings nicht in Anspruch nehmen.

Es war der längste Teil der Arbeit, den Ort so zu gestalten, dass er unberührt aussah. Ich weiß nicht wie, aber es gelang ihm in wunderbarer Weise.

Schließlich war er zufrieden, und wir kehrten um.

Wir waren ein paar Hundert Meter vom Hügel entfernt, als Long plötzlich zu ihm sagte: »Ich glaube, Sie haben Ihren Mantel dort liegen lassen. Der darf nicht zurückbleiben. Sehen Sie ihn?«

Ich sah ihn sofort – den langen dunklen Mantel, der dort lag, wo vorher der Tunnel gewesen war. Doch Paxton blieb nicht stehen, sondern schüttelte nur den Kopf und hielt den Mantel hoch, der über seinem Arm lag. Als wir näher zu ihm hingingen, sagte er, ohne jede Aufregung, sondern so, als ob nichts mehr von Bedeutung wäre: »Das ist nicht mein Mantel.«

Und in der Tat, als wir uns wieder umdrehten, war das dunkle Ding nicht mehr zu sehen.

Wir gingen auf die Straße hinaus und kamen auf dem Rückweg gut voran. Es war noch vor zwölf, als wir ankamen und versuchten, gute Miene zum bösen Spiel zu machen. Beide, Long und ich, bemerkten, »was für eine schöne Nacht für einen Spaziergang.« Der Hoteldiener hatte schon Ausschau nach uns gehalten, und wir machten weitere solche und ähnliche Bemerkungen zu seiner Beruhigung, als wir das Hotel betraten.

Er warf noch einen Blick auf die Strandpromenade, bevor er die Eingangstür abschloss, und sagte: »Sie haben draußen wohl nicht viele Leute getroffen, Sir?«

»Nein, in der Tat, keine Menschenseele«, sagte ich und erinnere mich, dass mich Paxton daraufhin seltsam ansah.

»Ich dachte nur, ich hätte jemanden hinter Euch die Bahnhofsstraße entlanggehen sehen«, sagte

160

der Bedienstete, »aber Sie waren ja zu dritt, und ich glaube nicht, dass er etwas Böses im Sinn hatte.«

Ich wusste nicht, was ich antworten sollte; Long sagte nur »Gute Nacht«, und wir gingen nach oben, versprachen, alle Lichter zu löschen und in ein paar Minuten zu Bett zu gehen.

Zurück in unserem Zimmer taten wir unser Bestes, um Paxton ein wenig aufzuheitern.

»Die Krone ist sicher zurückgelegt worden«, sagten wir, »aber wahrscheinlich wäre es besser gewesen, Sie hätten sie nicht angefasst« (und er stimmte dem heftig zu), »aber es ist kein wirklicher Schaden entstanden, und wir werden niemals mit jemandem darüber sprechen, der dann vielleicht so verrückt wäre, sich selbst einmal dort umzusehen.«

»Fühlen Sie sich denn nicht auch besser?«, sagte ich. Es macht mir nichts aus, zuzugeben, dass ich auf dem Hinweg sehr geneigt war, Ihre Ansicht über – nun darüber, dass wir verfolgt werden – zu teilen, aber auf dem Rückweg war es doch ganz anders, nicht wahr?«

»Nein, so ist es nicht«, sagte er. »Sie brauchen sich keine Sorgen machen, aber mir ist nicht verziehen. Ich muss immer noch für dieses elende Sakrileg bezahlen. Ich weiß, was Ihr sagen wollt. Die Kirche könnte helfen. Ja, aber es ist der Körper, der leiden muss.«

»Es stimmt, im Moment habe ich nicht das Gefühl, dass er jetzt draußen auf mich wartet, aber – «, dann hielt er inne.

Er sah uns an, um sich zu bedanken, und wir bremsten ihn dabei, so schnell wir konnten.

Natürlich drängten wir ihn, am nächsten Tag unser Wohnzimmer zu benutzen, und sagten, wir würden gerne mit ihm zusammen etwas unternehmen.

Ob er vielleicht Golf spiele?, fragten wir ihn. »Ja«, bestätigte er, aber er meinte, dass ihn das morgen nicht interessieren würde.

Also empfahlen wir ihm, spät aufzustehen und morgens in unserem Zimmer zu sitzen, während wir Golf spielten. Später am Tag könnten wir dann zusammen einen Spaziergang machen.

Er war diesbezüglich sehr fügsam und kleinlaut, bereit, das zu tun, was wir für das Beste hielten; aber er war sich ganz sicher, dass das, was kommen würde, nicht abgewendet oder gemildert werden konnte.

Sie werden sich fragen, lieber Leser, warum wir nicht darauf bestanden haben, ihn zurück nach Hause zu begleiten und ihn in die Obhut von Familienmitgliedern oder jemand anderem zu geben, aber es war so, dass es da niemanden gab.

Er hatte eine Wohnung in der Stadt gehabt, aber vor Kurzem hatte er sich entschlossen, sich für eine Weile in Schweden niederzulassen. Er hatte seinen Hausstand aufgelöst und sein Hab und Gut verschifft und wollte erst zwei oder drei Wochen entspannen, bevor er aufbrach.

Jedenfalls sahen wir, dass wir im Moment nichts Besseres tun konnten, als darüber zu schlafen – oder nicht viel zu schlafen, wie es bei mir der Fall war – und abzuwarten, wie es uns am morgigen Tag gehen würde.

Wir fühlten uns vollkommen erneuert, Long und ich, an dem folgenden schönen Aprilmorgen, einem Tag, wie man ihn sich nur wünschen konnte, und auch Paxton wirkte vollkommen anders, als wir ihn beim Frühstück sahen.

»Das ist der erste Ansatz einer anständigen Nacht, wie ich lange keine mehr gehabt habe«, sagte er. Aber er wollte tun, was wir vereinbart hatten – wahrscheinlich den ganzen Vormittag im Hotel bleiben und später mit uns rauskommen.

Wir gingen zum Golfplatz, trafen dort einige andere Männer, spielten mit ihnen am Vormittag und aßen dort recht früh zu Mittag, um nicht zu spät zurückzukommen.

Trotzdem holten ihn die Schlingen des Todes ein.

Ob es hätte verhindert werden können, weiß ich nicht. Ich denke, es hätte ihn wohl ohnehin irgendwie erwischt, egal wie. Jedenfalls ist Folgendes passiert:

Wir gingen direkt auf unser Zimmer. Paxton war dort und las in aller Ruhe. »Sind Sie bereit, in Kürze mit herauszukommen?«, fragte Long, »sagen wir in einer halben Stunde?«

»Gewiss«, sagte er, und ich sagte, wir würden uns zuerst umziehen, vielleicht ein Bad nehmen und ihn in einer halben Stunde abholen.

Ich badete, legte mich dann auf mein Bett und schlief etwa zehn Minuten lang.

Später kamen wir zur gleichen Zeit aus unseren Schlafzimmern und gingen ins Wohnzimmer.

Paxton war nicht da – nur sein Buch. Er war auch nicht in seinem Zimmer und auch nicht in den Räumen im Untergeschoss.

Als wir nach ihm riefen, kam ein Dienstmädchen heraus und sagte: »Ich dachte, die Herren wären schon weg, und das meinte der andere Herr auch. Er hörte Sie draußen vom Weg aus rufen und rannte eilig hinaus. Ich schaute aus dem Fenster des Cafés, habe Sie aber nicht entdecken können. Jedenfalls er ist in diese Richtung zum Strand hinuntergerannt.«

Ohne ein Wort liefen wir auch dorthin – es war die entgegengesetzte Richtung zur Expedition der letzten Nacht.

Es war noch nicht ganz vier Uhr, und der Tag war schön, wenn auch nicht so schön, wie er zuvor gewesen war, sodass es wirklich keinen Grund zur Besorgnis gab, wie man sagen würde. Mit den Menschen um ihn herum konnte ein Mann sicherlich nicht ernsthaft Schaden kommen.

Aber irgendetwas an unserem Blick, als wir hinausliefen, muss dem Dienstmädchen aufgefallen sein, denn sie kam bis auf die Treppe heraus, zeigte in eine Richtung und sagte: »Ja, das ist der Weg, den er gegangen ist.«

Wir liefen weiter bis zur Spitze des Kiesstrands und hielten an.

Dort hatten wir die Wahl zwischen zwei Wegen – an den Häusern bei der Strandpromenade vorbei oder am unteren Ende des Strandes entlang, der bei Ebbe ziemlich breit war.

Wir hätten natürlich auch auf dem Kiesweg zwischen diesen beiden Wegen bleiben und beide im Blick haben können, aber das wäre sehr anstrengend gewesen.

Wir entschieden uns für den Sandstrand, denn der war am einsamsten, und dort *könnte* jemand zu Schaden kommen, ohne vom öffentlichen Weg aus gesehen zu werden.

Irgendwann sagte Long, er habe Paxton in einiger Entfernung vor sich gesehen, wie er rannte und mit seinem Stock winkte, als wolle er den Leuten, die vor ihm unterwegs waren, ein Zeichen geben.

Ich war mir nicht sicher, denn einer dieser Seenebel zog sehr schnell von Süden her auf. Da war jemand, das war alles, was ich sagen konnte.

Und da waren Spuren im Sand, wie von jemandem, der mit Schuhen lief, und es gab andere Spuren, die vor diesen entstanden sind, von jemandem, der keine Schuhe trug – denn die Schuhabdrücke traten manchmal in sie hinein und zerdrückten sie.

Oh, natürlich ist das alles nur mein Wort, auf das Sie sich verlassen müssen, denn Long ist zwischenzeitlich verstorben.

Wir hatten weder die Zeit noch die Mittel, um Skizzen anzufertigen oder Abdrücke zu machen, und die nächste Flut schwemmte alles weg. Alles, was wir tun konnten, war, uns diese Spuren zu merken, während wir weiter eilten.

Aber da waren sie, wieder und wieder, und wir hatten keinen Zweifel daran, dass es sich um die Spur eines nackten Fußes handelte, der mehr Knochen als Fleisch aufwies.

Die Vorstellung, dass Paxton hinter so etwas herlaufen und annehmen könnte, es seien die Freunde, die er suchte, war uns sehr unheimlich.

Sie können sich vorstellen, was wir uns ausmalten – wie das Ding, das er verfolgte, plötzlich anhalten und sich nach ihm umdrehen würde, und was für ein Gesicht er zeigen würde, zunächst nur halb im Nebel zu sehen, der immer dichter und dichter wurde.

Und während ich weiterlief und mich fragte, wie der arme Kerl dazu verleitet werden konnte, dieses andere Ding mit uns zu verwechseln, erinnerte ich mich an seine Worte: »Er hat eine gewisse Macht über deinen Blick.«

Ich fragte mich auch, wie es wohl ausgehen würde, denn ich hatte keine Hoffnung mehr, dass das Ende abgewendet werden könnte. Es ist aber nicht nötig, all die düsteren und schrecklichen Gedanken wiederzugeben, die mir durch den Kopf gingen, während wir in den Nebel hineinliefen.

Es erschien darüber hinaus auch unheimlich, dass die Sonne noch hell am Himmel stand und wir nichts von ihr sehen konnten. Wir wussten nur, dass wir an den Häusern vorbeigekommen waren und die Lücke zwischen ihnen und dem alten Wehrturm erreicht hatten.

Wenn man den Turm hinter sich gelassen hat, gibt es für eine lange Strecke nichts als Kieselsteine – kein Haus, kein menschliches

Wesen, nur diese Landzunge, oder besser gesagt Kieselsteine, mit dem Fluss zur Rechten und dem Meer zur Linken.

Doch kurz davor, gleich neben dem Martello-Turm, gab es direkt am Meer eine alte Geschützstellung. Ich glaube, heute ist nicht mehr viel davon übrig, der Rest ist weggeschwemmt worden, aber damals war noch viel mehr davon erhalten, obwohl der Ort eine Ruine war.

Als wir dort ankamen, kletterten wir so schnell wie möglich hinauf, um Luft zu holen und über den Kiesstrand vor uns zu schauen, wenn der Nebel uns zufällig etwas sehen lassen würde.

Wir mussten auch für einen Moment Pause machen, denn wir waren mindestens eine Meile gelaufen.

Vor uns war nichts zu sehen, und wir drehten uns gerade herum, um gemeinsam wieder herunterzusteigen und unseren verzweifelten Lauf fortzusetzen, als wir etwas hörten, das ich nur als ein Lachen bezeichnen kann. Es fällt schwer, dieses atemlose, gepresste Lachen mit Worten zu beschreiben.

Es kam von unten und verschwand im Nebel. Das war genug als Hinweis und wir beugten uns in diese Richtung über die Mauer. Paxton lag dort unten. Man braucht Ihnen, lieber Leser, nicht zu sagen, dass er tot war.

Seine Spuren zeigten, dass er an der Seite der Geschützstellung entlanggelaufen, dann scharf um der Ecke gebogen war und – daran besteht kein Zweifel – geradewegs in die offenen Arme von jemandem gestürzt sein musste, der dort wartete.

Sein Mund war voller Sand und Steine, und seine Zähne und Kiefer waren zerbrochen. Ich hatte nur einen kurzen Blick auf sein Gesicht geworfen.

Im selben Moment, als wir von der Geschützstellung herunterkletterten, um zu der Leiche zu gelangen, hörten wir einen Schrei und sahen einen Mann am Ufer des Martello-Turms herüberlaufen. Es war der dort stationierte Wächter, und mit seinen scharfen, alten Augen hatte er durch den Nebel hindurch zu erkannt, dass etwas nicht stimmte.

Er hatte Paxton zu Boden fallen sehen, und uns einen Moment später oben entdeckt – zum Glück, denn sonst wären wir kaum dem Verdacht entgangen, an der schrecklichen Sache beteiligt gewesen zu sein.

Wir fragten ihn, ob er jemanden gesehen hatte, der unseren Freund angegriffen hatte? Er war sich aber nicht sicher.

Dann schickten wir ihn los, um Hilfe zu holen, und blieben bei dem Toten, bis sie mit der Bahre kamen.

Wir fanden schnell heraus, wie der Mörder dort hingekommen war, auf den schmalen Sandstreifen unter der Mauer der Geschützstellung. Der Rest war Kiesel, und es war völlig unmöglich zu sagen, wohin er danach gegangen war.

Was sollten wir bei der amtlichen Anhörung aussagen? Wir hielten es seinerzeit für unsere Pflicht, an die wir uns halten wollten, das Geheimnis der Krone zu bewahren, das sonst in allen Zeitungen veröffentlicht werden würde.

Ich weiß nicht, lieber Leser, wie viel Sie offenbart hätten, aber wir uns auf folgende Version geeinigt:

'Wir hätten Paxton erst am Vortag kennengelernt, und er hatte uns anvertraut, dass er sich von einem Mann namens William Ager bedroht gefühlt hatte.'

'Außerdem hätten wir außer Paxtons Spuren noch einige andere entdeckt, als wir ihm am Strand entlang folgten. Aber natürlich war zu diesem Zeitpunkt schon alles aus dem Sand verschwunden.'

»Glücklicherweise wusste niemand von einem William Ager, der in diesem Bezirk lebte, und die Aussage des Mannes beim Martello-Turm befreite uns von jedem Verdacht. Man konnte lediglich zu dem Urteil kommen, dass es ein vorsätzlicher Mord durch eine oder mehrere unbekannte Personen gewesen war.

Paxton war so völlig ohne Verbindungen zu anderen Leuten, dass alle Nachforschungen, die daraufhin angestellt wurden, buchstäblich 'im Sand' verliefen.

Und ich war seitdem ich nie wieder in Seaburgh oder auch nur in der Nähe davon.

EINE GUTENACHTGESCHICHTE

Es gibt kaum etwas, das in altmodischen Büchern üblicher ist als die Beschreibung des winterlichen Kaminfeuers, wo die alte Großmutter dem Kreis der Kinder, der an ihren Lippen hängt, eine Geschichte nach der anderen von Geistern und Feen erzählt und ihre Zuhörer mit einem angenehmen Schrecken erfüllt.

Wir durften nie erfahren, was es mit diesen Geschichten *wirklich* auf sich hat. Zwar hörten wir etwas von verhüllten Gespenstern mit Untertassenaugen und – was noch faszinierender ist – von 'Rawhead and Bloody Bones'* [Schädelkopf und Blutige Knochen] – ein Ausdruck, den das Oxford Dictionary auf das Jahr 1550 zurückführt, aber der Zusammenhang dieser eindrucksvollen Bilder entzieht sich uns.

[* ein in Teilen des englischsprachigen Raumes ein von Kindern gefürchtetes Wesen]

171

Hier ist also ein Problem, das mich schon lange beschäftigt, aber ich sehe keine Möglichkeit, es endgültig zu lösen.

Die alten Großmütter sind tot, und die Sammler der Volkskunde haben ihre Arbeit in England zu spät begonnen, um die meisten der authentischen Geschichten, die uns die Großmütter erzählten, zu retten.

Dennoch sterben solche Dinge nicht so leicht ganz aus, und die Fantasie, die sich auf verstreute Hinweise stützt, kann vielleicht eine Art von Abendunterhaltung hervorbringen, wie wir sie aus den Büchern *'Mrs. Marcet's Evening Conversations'*, oder *'Mr. Joyce's Dialogues on Chemistry'* kennen, die uns wissenschaftliche Themen näherbringen, wie auch das Buch *'Philosophy in Sport made Science in Earnest'*. Sie wollen etwas auslöschen, indem sie Irrtum und Aberglauben in das Licht von Nützlichkeit und Wahrheit stellen, und was dabei herauskommt, sieht dann so aus:

Charles: »Ich glaube, Papa, dass ich jetzt die Eigenschaften des Hebels verstehe, die du mir am Samstag so freundlich erklärt hast; aber ich habe seitdem sehr viel über das Pendel nachgedacht und mich gefragt, warum die Uhr nicht mehr weiterläuft, wenn man sie anhält.«

Papa: »Du kleiner Strolch, hast du dich an der Uhr im Flur zu schaffen gemacht? Komm her zu mir!« *(Nein, das muss eine Glosse sein, die sich irgendwie in den Text eingeschlichen hat).*

172

»Nun, mein Junge, obwohl ich es nicht ganz billige, dass du ohne meine Aufsicht Experimente durchführst, die möglicherweise die Nützlichkeit eines wertvollen wissenschaftlichen Instruments beeinträchtigen könnten, werde ich mein Bestes tun, um dir die Prinzipien des Pendels zu erklären. Hole mir aus der Schublade in meinem Arbeitszimmer ein Stück einer kräftigen Schnur und bitte die Köchin, so gut zu sein, dir eines der Gewichte zu leihen, die sie in ihrer Küche verwendet.«

Und schon haben wir die übliche Geschichte …

Wie anders ist dahingegen die Szene in einem Haushalt, in den die Strahlen der Wissenschaft noch nicht eingedrungen sind und die Großmutter den Kindern auch die Hintergründe der Geschichten erklärt, etwa so:

Der Gutsherr, erschöpft von einem langen Tag auf der Jadg nach Rebhühnern und vollgestopft mit Essen und Trinken, schnarcht an einer Seite des Kamins. Seine alte Mutter sitzt ihm gegenüber und strickt, und die Kinder Charles und Lucy (nicht Harry und Lucy*, sie hätten es nie ausgehalten) sind um ihr Knie herum versammelt.

*[Charaktere aus dem gleichnamigen, pädagogischen Kinderbuch von Maria Edgeworth]

Großmutter: »So, meine Lieben, ihr müsst jetzt ganz brav und leise sein, sonst weckt ihr euren Vater, und ihr wisst, was dann passiert.«

173

Charles: »Ja, ich weiß: Er wird sehr aufbrausend sein und uns ins Bett schicken.«

Großmutter (hört auf zu stricken und spricht mit strenger Stimme): »Was ist das? Pfui, Charles!, so spricht man nicht. Jetzt wollte ich dir eine Geschichte erzählen, aber wenn du solche Worte gebrauchst, werde ich es nicht tun.

Unterdrückter Aufschrei: »Oh, Oma!«

Großmutter: »Still! Still! Ich glaube, jetzt hast du deinen Vater geweckt!«

Gutsherr (heftig): »Hör zu, Mutter, wenn du die Bälger nicht zum Schweigen bringen kannst ... «

Großmutter: »Ja, John, ja! Es tut mir leid. Ich habe ihnen gesagt, wenn das noch einmal vorkommt, sollen sie ins Bett gehen.«

Der Gutsherr fällt wieder in den Schlaf.

Großmutter: »Na, seht ihr, Kinder, was habe ich euch gesagt? Ihr müsst brav sein und still sitzen. Und ich sage euch was: Morgen geht ihr Brombeeren sammeln, und wenn ihr einen schönen Korb voll mitbringt, koche ich euch Marmelade.«

Charles: »Oh ja, Oma, mach das! Und ich weiß, wo die besten Brombeeren sind; ich habe sie heute gesehen.«

Großmutter: »Und wo war das, Charles?«

Charles: »In der kleinen Gasse, die am Häuschen von den Collins vorbeiführt.«

Großmutter (legt ihr Strickzeug weg): »Charles! Was immer du auch tust, wage es nicht, auch nur eine einzige Brombeere in dieser Gasse zu pflücken. Weißt du denn nicht ... aber wie solltest du auch.«

»Woran habe ich gerade gedacht? Na ja, wie dem auch sei, ihr denkt an das, was ich gesagt habe – «

Charles und Lucy: »Aber warum, Oma? Warum sollen wir sie dort nicht pflücken?«

Großmutter: »Psst! Psst! Also gut, ich werde euch alles erzählen, aber ihr dürft mich nicht unterbrechen.«

»Also, das war so. Als ich noch ein kleines Mädchen war, hatte diese Gasse einen schlechten Ruf, obwohl sich die Leute heute nicht mehr daran erinnern.«

»Eines Tages, an einem Sommerabend, war ich spazieren gegangen und diese Gasse wieder heruntergekommen – du meine Güte, es könnte der heutige Abend sein. Ich erzählte meiner Mutter davon, als ich zum Abendessen nach Hause kam.

»Ich fragte sie dann, wie es kommt, dass auf einem kleinen Fleckchen am oberen Ende der Gasse Johannisbeer- und Stachelbeersträucher wachsen.«

»Und, oh je, wie hat sie sich da aufgeregt! Sie schüttelte mich und gab mir eine Ohrfeige, und sagte: 'Du böses, böses Kind, habe ich dir nicht schon zwanzigmal verboten, den Fuß in diese Gasse zu setzen, und nun trödelst du nachts dort hinunter', und so weiter, und als sie geendet hatte, war ich fast zu verblüfft, um etwas zu sagen, aber ich konnte sie überzeugen, dass ich zum ersten Mal davon hörte, und das war auch die Wahrheit.«

»Und dann tat es ihr natürlich leid, dass sie so kurz angebunden war, und zur Wiedergutmachung erzählte sie mir nach dem Abendessen die ganze Geschichte. Und seitdem habe ich dasselbe oft von den alten Leuten im Ort gehört, und ich hatte auch meine eigenen Gründe, um zu glauben, dass da etwas dran war.«

»Nun, am Ende dieses Weges – mal sehen, ist es auf der rechten oder linken Seite, wenn man hinaufgeht? – ja, auf der linken Seite – findet man einen kleinen Fleck mit Büschen und rauem Boden auf dem Feld und einer verkümmerten alten Hecke ringsherum. Dort findet man ein paar alte Stachelbeer- und Johannisbeersträucher, die dazwischen wachsen – oder es gab wenigstens mal welche dort, denn es ist Jahre her, seit ich dort oben war.«

»Nun, das bedeutet natürlich auch, dass dort einmal eine Hütte stand; und in dieser Hütte lebte, bevor ich geboren wurde oder an mich gedacht wurde, ein Mann namens Davis. Ich habe gehört, dass er nicht in dieser Gemeinde geboren ist, und es ist wahr, dass niemand mit diesem Namen hier gelebt hat, seit ich den Ort kenne. Aber wie dem auch sei, dieser Mr. Davis lebte sehr zurückgezogen und ging sehr selten ins Wirtshaus. Er arbeitete auch für keinen der Bauern, da er, wie es schien, selbst genug Geld hatte, um zurechtzukommen.«

»An den Markttagen ging er in die Stadt und holte seine Briefe im Posthaus ab, wo die Post ankommt. Und eines Tages kam er vom Markt zurück und brachte einen jungen Mann mit; und dieser junge Mann und er lebten eine lange Zeit zusammen und gingen miteinander umher, und ob er nur die Arbeit im Haus für Mr. Davis erledigte oder ob Mr. Davis in gewisser Weise sein Lehrer war, schien niemand zu wissen.«

»Ich hatte gehört, dass er ein blasser, hässlicher junger Mann war und nicht viel zu sagen hatte. Nun, was war es, dass die beiden Männer verbunden hatte? Natürlich kann ich euch nicht die Hälfte der Dummheiten erzählen, die sich die Leute in den Kopf gesetzt haben, und wir wissen ja, dass man nichts Böses sagen darf, wenn man nicht sicher ist, dass es wahr ist, selbst wenn die Leute schon tot sind und nicht mehr leben.«

»Aber, wie ich schon sagte, die beiden waren immer zusammen unterwegs, spät und früh, oben auf dem Land und unten in den Wäldern. Es gab vor allem einen Spaziergang, den sie regelmäßig einmal im Monat machten, und zwar zu der Stelle, an der ihr die alte geschnitzte Figur gesehen habt, die dort am Hang steht. Es war aufgefallen, dass sie im Sommer, wenn sie diesen Spaziergang machten, die ganze Nacht über dort oder irgendwo in der Nähe lagerten.«

»Ich erinnere mich, dass mein Vater – das ist euer Urgroßvater – mir einmal erzählte, er habe mit Mr. Davis darüber gesprochen (denn es ist sein Land, auf dem er lebte) und ihn gefragt, warum er so gerne dorthin gehe, aber er sagte nur: 'Oh, es ist ein wundervoller alter Ort, Sir, und ich hatte schon immer eine Vorliebe für altertümliche Dinge, und wenn er (er meinte damit den Mann, der bei ihm war) und ich dort zusammen sind, scheint es die alten Zeiten so deutlich zurückzubringen.'«

»Und mein Vater sagte: 'Nun', sagte er, 'es mag Ihnen gefallen, aber ich würde einen so einsamen Ort mitten in der Nacht nicht mögen.' Und Mr. Davis hatte gelächelt, und der junge Mann, der zugehört hatte, sagte: 'Oh, wir brauchen zu solchen Zeiten keine Gesellschaft', und mein Vater sagte, er hätte sich des Eindrucks nicht erwehren können, dass Mr. Davis eine Art Zeichen machte, und der junge Mann fuhr schnell fort, als wolle er seine Worte korrigieren, und sagte: Das heißt, Mr. Davis und ich sind uns genug Gesellschaft nicht wahr, Meister? Und dann gibt es dort eine

178

wunderbare Sommernachtluft, und man kann das ganze Land im Mondschein sehen, und es sieht so anders aus als am Tage. All die Grabhügel am Boden ... «

»Und dann schaltete sich Mr. Davis wieder ein, der anscheinend die Geduld mit dem Jungen verloren hatte, und sagte: 'Ach ja, das sind diese alten Orte, nicht wahr, Sir? Was denken Sie denn, welchen Zweck sie haben?'«

»Und mein Vater sagte – nun, er sagte: 'Ich habe gehört, Mr. Davis, dass das alles Gräber sind, und ich weiß, wenn immer ich die Gelegenheit hatte, eines umzugraben, kamen stets ein paar alte Knochen und Töpfe zum Vorschein. Aber wessen Gräber das sind, weiß ich nicht. Man sagt, die alten Römer seien einst überall in diesem Land gewesen, ob sie aber ihre Leute so begraben haben, kann ich nicht sagen.«

»Meine Güte, Kinder, es kommt mir komisch vor, nicht wahr, dass ich mich an all das erinnere, aber es hatte mich damals fasziniert, und obwohl es für euch vielleicht langweilig ist, kann ich nicht umhin, es jetzt zu Ende zu erzählen.«

»Und Mr. Davis schüttelte nachdenklich den Kopf und sagte: 'Nun, für mich sehen sie ganz gewiss älter aus als die alten Römer und anders gekleidet – das heißt, nach den Beschreibungen, die wir haben, waren die Römer in Rüstungen, und Sie haben nie eine Rüstung gefunden, oder, Sir, nach dem, was Sie sagten?«

179

»Mein Vater war etwas überrascht und sagte: 'Ich erinnere mich nicht, etwas über Rüstungen erwähnt zu haben, aber ich kann mich in der Tat nicht erinnern, eine gefunden zu haben.«

»Aber Sie reden so, als ob Sie sie vor sich gesehen hätten, Mr. Davis«, fuhr er fort.

Beide, Mr. Davis und der junge Mann lachten, und Mr. Davis sagte: 'Gesehen, Sir? Das wäre schwierig nach all den Jahren. Aber ich würde gerne mehr über die alten Zeiten und die Leute wissen, und was sie angebetet haben und all das.'«

»Und mein Vater sagte: 'Angebetet? Nun, ich wage zu behaupten, dass sie den alten Mann auf dem Hügel verehrten.'«

»'Ah, in der Tat! Nun, das würde mich nicht wundern', sagte Mr. Davis.«

»Mein Vater fuhr fort und erzählte ihnen, was er über die Heiden und ihre Opfer gehört und gelesen hatte – etwas, was du eines Tages selbst lernen wirst, Charles, wenn du in die Schule gehst und mit deinem Latein beginnst.«

»Und sie schienen sehr interessiert zu sein, alle beide, aber mein Vater sagte, er könne sich des Eindrucks nicht erwehren, dass das meiste von dem, was er sagte, für sie nichts Neues gewesen sei.«

»Das war das einzige Mal, dass er sich mit Mr. Davis unterhielt, und es blieb ihm im Gedächtnis haften, besonders, so sagte er, die Worte des jungen Mannes, dass er *keine Gesellschaft wollte*, denn in jenen Tagen wurde in den Dörfern viel geredet. Die Leute hier hätten einmal sogar eine alte Lady als Hexe ertränkt, wenn sich mein Vater nicht eingemischt hätte.

Charles: »Was soll das heißen, Oma, eine alte Lady als Hexe ertränkt? Gibt es hier auch heute noch Hexen?«

Großmutter: »Nein, nein, mein Lieber! Was hat mich nur dazu gebracht, so abzuschweifen?«

»Nein, nein, das ist eine ganz andere Angelegenheit. Was ich sagen wollte, war, dass die Leute in der Umgebung glaubten, dass auf dem Hügel, wo der Mann ist, nachts irgendwelche Versammlungen stattfanden, und dass diejenigen, die dorthin gingen, nichts Gutes im Schilde führen würden. Aber unterbrich mich jetzt nicht wieder, denn es ist schon spät.«

»Nun, ich schätze, es waren drei Jahre, die Mr. Davis und dieser junge Mann zusammenlebten, und dann geschah plötzlich etwas Schreckliches. Ich weiß nicht, ob ich es euch erzählen soll.«

Es kamen Ausrufe wie: »Oh ja!, ja Oma!, du musst« usw.

Großmutter: »Dann müsst ihr versprechen, dass ihr nicht erschreckt und mitten in der Nacht schreiend aus dem Haus rennt.«

Die Kinder: »Nein, nein, das werden wir nicht, natürlich nicht!«

Großmutter: »Eines Morgens, sehr früh um die Jahreswende, ich glaube, es war im September, musste einer der Waldarbeiter zu seiner Arbeit oben im langen Waldstück hinaufgehen, gerade als es hell wurde.«

»Und genau dort, wo einige große Eichen in einer Art Lichtung tief im Wald standen, sah er in einiger Entfernung ein weißes Ding, das durch den Nebel hindurch wie ein Mann aussah, und er war unschlüssig, ob er weitergehen sollte, aber er ging weiter und erkannte, als er näher kam, *dass es* ein Mann war, und mehr noch, es war der junge Mann von Mr. Davis.

Er war in eine Art weißes Gewand gekleidet und hing mit dem Hals an einem Ast der größten Eiche, ganz, ganz tot, und unter seinen Füßen lag ein blutverschmiertes Beil.

Was für ein schrecklicher Anblick war das für jemanden, der zu diesem einsamen Ort kommt!«

»Der arme Mann verlor fast den Verstand und ließ alles fallen, was er bei sich trug. Er rannte, so schnell er konnte, zum Pfarrhaus hinunter, weckte die Leute auf und erzählte, was er gesehen hatte.«

»Der alte Mr. White, der damals Pfarrer war, schickte ihn los, um zwei oder drei der besten Männer zu holen, den Schmied und die Kirchenvorsteher und so weiter, während er sich selbst ankleidete. Sie alle gingen dann mit einem Pferd zu diesem schrecklichen Ort, um den armen Körper daraufzulegen und ihn ins Haus zu bringen.«

»Als sie dort ankamen, war alles so, wie es der Waldarbeiter gesagt hatte. Es war ein schrecklicher Schock für sie alle, als sie sahen, wie der Leichnam gekleidet war, besonders für den alten Mr. White, denn es schien ihm wie eine Verhöhnung des Kirchengewandes zu sein, nur dass das, was er trug – so sagte er meinem Vater – dem nicht entsprechen würde.«

»Und als sie sich daranmachten, den Leichnam von der Eiche zu holen, fanden sie eine Kette aus Metall um den Hals und ein kleines Ornament wie ein Rad, das vorne daran hing, und es sah sehr alt aus, sagten sie.«

»In der Zwischenzeit hatten sie einen Jungen losgeschickt, um zum Haus von Mr. Davis zu laufen und zu sehen, ob er zu Hause war, denn natürlich hatten sie einen Verdacht.«

»Und Mr. White sagte, sie müssten auch den Wachtmeister der nächsten Gemeinde informieren und eine Nachricht an einen anderen Friedensrichter überbringen (er war selbst einer), und so ging es hin und her. Mein Vater war zufällig in dieser Nacht nicht zu Hause, sonst hätten sie ihn zuerst geholt.«

»Sie legten den Leichnam auf das Pferd, und man sagte, sie konnten das Tier nur mit Mühe davon abhalten, wegzuspringen, denn von dem Moment an, als sie in die Nähe des Baumes kamen, schien vor Angst verrückt zu werden. Es gelang ihnen jedoch, die Augen zu verbinden und es durch den Wald hinunter auf die Dorfstraße zu führen.«

»Dort, bei dem großen Baum, wo die Tiere sind, fanden sie eine Menge Frauen versammelt, und auch diesen Jungen, den sie zum Haus von Mr. Davis Haus geschickt hatten. Er kauerte dort in der Mitte von ihnen, weiß wie Papier, und kein Wort konnten sie aus ihm herausbekommen, so sehr sie es auch versuchten. Sie sahen sofort, dass ihnen jetzt noch Schlimmeres bevorstand, und sie machten sich auf den Weg zum Haus von Mr. Davis.«

»Als sie näher an herankamen, schien das Pferd, das sie bei sich hatten, wieder vor Angst verrückt zu werden. Es bäumte sich auf, wieherte und schlug mit den Vorderfüßen aus. Der Mann, der es führte, wurde beinahe getötet, und der tote Körper fiel vom Rücken des Pferdes.«

»Mr. White befahl ihnen, das Pferd so schnell wie möglich wegzubringen, und sie trugen die Leiche geradewegs in die Wohnstube, denn die Tür stand offen.«

»Jetzt sahen sie, was den armen Jungen so erschreckt hatte, und sie ahnten, warum das Pferd verrückt geworden war, denn ihr wisst, dass Pferde den Geruch von totem Blut nicht ertragen können.«

»In dem Raum stand ein großer Tisch, der mehr als mannslang war, und darauf lag die Leiche von Mr. Davis. Die Augen waren mit einem Leinenband verbunden, die Arme waren hinter dem Rücken gefesselt und die Füße waren mit einem anderen Band zusammengeschnürt. Das Schreckliche aber war, dass die Brust ganz kahl und der Knochen von oben nach unten mit einer Axt durchgeschlagen war!«

»Oh, das war ein fürchterlicher Anblick, und alle, die da waren, wurden davon schwach und krank und mussten an die frische Luft gehen. Sogar Mr. White, ein Mann von harter Natur, war ganz erschüttert und sprach im Garten ein Gebet mit der Bitte um Kraft.«

»Schließlich legten sie den anderen Leichnam, so gut es ging, ins Zimmer und sahen sich um, ob sie herausfinden könnten, wie so etwas Schreckliches geschehen konnte.

In den Schränken fanden sie eine Menge von Kräutern und Gläsern mit Flüssigkeiten. Als es die Leute, die sich mit solchen Dingen auskannten, es untersucht hatten, stellte sich heraus, dass einige dieser Flüssigkeiten Getränke waren, mit denen man einen Menschen einschläfern kann.«

»Sie zweifelten kaum daran, dass der böse junge Mann etwas davon in das Getränk von Mr. Davis getan und ihn dann so zugerichtet hatte; und danach war das Bewusstsein seiner Sünde über ihn gekommen, und er hatte sich selbst gerichtet.«

»Nun, ihr würdet die ganzen gesetzlich vorgeschriebenen Handlungen nicht verstehen, was der staatliche Leichenbeschauer und die Richter zu tun hatten, aber es gab ein großes Kommen und Gehen der Leute für die nächsten ein oder zwei Tage. Später kamen die Leute der Gemeinde zusammen und waren sich einig, dass sie den Gedanken nicht ertragen konnten, dass diese beiden auf dem Kirchhof neben christlichen Menschen begraben werden würden, denn ich muss euch sagen, dass in den Schubladen und Schränken Papiere und Schriften gefunden wurden, die sich Mr. White und einige andere Geistliche genau betrachteten. Sie alle unterschrieben dann ein Papier, in dem stand, dass diese Männer sich aus eigenem Entschluss der schrecklichen Sünde des Götzendienstes schuldig gemacht hatten.«

»Da sie befürchteten, dass es in den benachbarten Orten einige Menschen gab, die nicht auch frei von dieser Schlechtigkeit waren, forderten sie alle auf, Buße zu tun, damit nicht dasselbe schreckliche Ereignis, das diesen Männern widerfahren war, auch sie überkommen würde; und dann verbrannten sie die von ihnen gefundenen Schriften.«

186

»Mr. White war der gleichen Meinung, wie die Gemeindemitglieder, und eines späten Abends gingen zwölf ausgewählte Männer mit ihm zu dem bösen Haus. Sie hatten zwei Bahren dabei, die sehr grob für diesen Zweck gemacht worden waren, und zwei Stücke schwarzes Tuch.«

»Unten an der Kreuzung, wo man nach Bascombe und Wilcombe abbiegt, warteten andere Männer mit Fackeln, und eine Grube wurde gegraben, und eine große Menschenmenge versammelte sich aus der ganzen Umgebung.«

»Und die Männer, die zur Hütte von Mr. Davis aufgebrochen waren, gingen mit ihren Hüten auf dem Kopf hinein. Vier von ihnen nahmen die beiden Leichen und legten sie auf die Bahren und bedeckten sie mit den schwarzen Tüchern. Niemand sagte ein Wort, und sie trugen sie die Gasse hinunter. Dort wurden sie in die Grube geworfen und mit Steinen und Erde bedeckt, und dann sprach Mr. White zu den Leuten, die versammelt waren.«

»Mein Vater war dabei, denn er war zurückgekommen, als er die Nachricht hörte, und er sagte, er werde den seltsamen Anblick nie vergessen, mit den brennenden Fackeln und den beiden schwarzen Gestalten, die in der Grube zusammengekauert waren. Er hörte keinem einzigen Laut von den Leuten, außer vielleicht einem Kind oder einer Frau, die vor Schreck wimmerte.«

»Als Mr. White zu Ende gesprochen hatte, gingen alle fort und ließen die beiden dort liegen.«

»Man sagt, die Pferde mögen die Stelle auch jetzt noch nicht, und ich habe gehört, dass noch lange Zeit danach so etwas wie ein Nebel oder ein Licht in der Luft lag, aber ich weiß nicht, ob das stimmt.«

»Ich weiß aber, dass mein Vater am nächsten Tag geschäftlich unterwegs war und am Anfang der Gasse vorbeikam. Dort sah er drei oder vier kleine Gruppen von Menschen, die an verschiedenen Stellen standen und anscheinend über irgendetwas in Aufregung geraten waren.«

»Er ritt auf sie zu und fragte, was los sei.«

»Sie liefen auf ihn zu und sagten: 'Oh, Gutsherr, es ist das Blut! Seht euch das Blut an!', und jammerten in dieser Weise weiter.«

»Er stieg also von seinem Pferd ab, und sie zeigten es ihm. Es gab dort vier Stellen auf der Straße, wie ich glaube, wo er große Blutflecken sah, aber er konnte kaum erkennen, dass es Blut war, denn fast überall waren sie mit großen schwarzen Fliegen bedeckt, die ihren Platz nicht wechselten und sich überhaupt nicht bewegten. Und dieses Blut war das, was aus dem Körper von Mr. Davis getropft war, als sie ihn die Straße hinuntertrugen.«

»Nun, mein Vater konnte nicht mehr tun als den hässlichen Anblick zu betrachten und sich dessen zu vergewissern, und dann sagte er zu einem der Männer, die dort waren: 'Mach schnell und hol einen Korb oder eine Karre voll sauberer Erde vom Friedhof und streue sie über diese Stellen. Ich werde hier warten, bis du wiederkommst.'«

»Er kam schon sehr bald zurück. Der alte Kirchendiener war bei mit ihm, mit einer Schaufel und der Erde in einer Schubkarre.«

»Sie setzten sie an der ersten der Stellen ab und machten sich bereit, die Erde darauf zu schütten, aber sobald sie das taten, was meint ihr, was passiert ist?«

»Die Fliegen, die sich auf dem Fleck befanden, flogen in einer Art fester Wolke in die Luft und die Gasse hinauf, in Richtung des Hauses, und der Kirchendiener (er war auch Gemeindeschreiber) blieb stehen und sah sie an und sagte zu meinem Vater: 'Herr der Fliegen*, Sir', und mehr wollte er nicht sagen. Und so war es auch an den anderen Orten, an jedem von ihnen.«

[* Als 'Herr der Fliegen' wird im Alten Testament der Teufel bezeichnet und steht in der Deutung wie alle Ba'ale und Astarten in negativer Konnotation für 'falsche Gottheit' und die Verfügbarkeit des Menschen. Das 'Tier' in allen, das darauf wartet, den Menschen zum Schlimmsten zu treiben]

189

Charles: Aber was hat er damit gemeint, Oma?

Großmutter: Nun, mein Lieber, denk daran, Mr. Lucas zu fragen, wenn du morgen zu ihm gehst, um deine Lektion zu erhalten. Du darfst mich nicht mehr unterbrechen; eigentlich ist es schon längst Schlafenszeit für dich.«

»Als Nächstes beschloss mein Vater, dass niemand mehr in diesem Haus wohnen oder irgendetwas von dem, was sich darin befand, benutzen sollte. Obwohl es eines der besten Häuser des Ortes war, ließ er die Leute wissen, dass es abgerissen werden sollte, und jeder, der wollte, konnte ein Holzscheit zum Verbrennen mitbringen, und das wurde auch getan.«

»In der Stube wurde ein Holzstapel aufgeschichtet und das Stroh gelockert, sodass das Feuer gut Fuß fassen konnte, und dann wurde es angezündet. Da es nichts Gemauertes gab, außer dem Schornstein und dem Ofen, dauerte es nicht lange, bis alles verbrannt war. Ich meine mich zu erinnern, den Schornstein noch gesehen zu haben, als ich ein kleines Mädchen war, aber der ist schließlich von selbst eingestürzt.«

»Damit bin ich zum Schluss gekommen.

»Die Leute haben noch lange Zeit behauptet, Mr. Davis und den jungen Mann gesehen zu haben, den einen im Wald und beide zusammen dort, wo das Haus gestanden hatte. Manchmal seien sie auch zusammen den Weg hinuntergegangen, besonders im Frühjahr und im Herbst. Dazu kann ich nichts sagen, aber wenn wir sicher wären, dass es solche Dinge wie Geister gibt, würde es wahrscheinlich so sein, dass solche Leute keine Ruhe geben würden.«

»Ich kann euch Kindern noch sagen, dass wir eines Abends im März, kurz bevor dein Großvater und ich geheiratet haben, einen langen Spaziergang im Wald machten, Blumen pflückten und uns unterhielten, wie es junge Leute tun, die umeinander werben. Wir waren so vertieft ineinander, dass wir nicht darauf achteten, wohin wir gingen.«

»Plötzlich schrie ich auf, und dein Großvater fragte, was los sei. Ich fühlte einen scharfen Stich auf meinem Handrücken, zog sie zurück und sah ein schwarzes Ding darauf sitzen. Mit der anderen Hand schlug ich zu und tötete es. Ich zeigte sie ihm. Er war ein Mann, der auf viele Dinge achtete, und er sagte: 'Nun, so etwas wie diese Fliege habe ich noch nie gesehen', und obwohl sie für meine Augen nicht sehr ungewöhnlich aussah, habe ich keinen Zweifel, dass er recht hatte.«

»Und dann sahen wir uns um, und – glaubt es oder glaubt es nicht – wir waren genau in dieser Gasse, vor der Stelle, wo jenes Haus gestanden hatte. Wie sie mir später erzählten, war es auch genau dort, wo die Männer die Bahren für einen Moment abstellten, als sie sie die toten Männer durch das Gartentor hinausgetragen hatten.«

»Ihr könnte euch sicher sein, dass wir uns beeilt haben, von dort wegzukommen – zumindest habe ich deinen Großvater dazu gebracht, schnell wegzugehen – denn ich war völlig bestürzt, mich an so einem Ort wiederzufinden. Er wäre sicherlich aus Neugierde geblieben, wenn ich ihn gelassen hätte.«

»Ob da mehr war, als wir sehen konnten, werde ich nie wissen. Vielleicht war es zum Teil das Gift des schrecklichen Fliegenstichs, das in mir wirkte und mich so seltsam fühlen ließ, denn, meine Güte, wie schwollen mein armer Arm und meine Hand an. Ich traue mich gar nicht, zu sagen, wie groß er war und wie weh er tat!«

»Nichts, was meine Mutter auflegen konnte, hatte irgendeine Wirkung, und erst als unsere alte Krankenschwester sie überredete, den weisen Mann drüben aus Bascombe zu holen, um es sich anzusehen, kam ich überhaupt zur Ruhe.«

»Aber er schien alles darüber zu wissen und sagte, ich sei nicht die Erste, der es so ergangen sei.«

»'Wenn die Sonne ihre Kraft sammelt', sagte er, 'bis sie am kräftigsten ist, und wenn sie ihren Halt verliert, und wenn sie dann wieder schwach wird, dann sollen sich all diejenigen, die in dieser Gasse wandeln, in Acht nehmen.'«

»Was er mir aber auf den Arm getan hat und was er dabei sagte, wollte er uns nicht sagen.«

192

»Danach wurde ich bald wieder gesund, aber seitdem habe ich oft genug von Leuten gehört, denen es ähnlich ergangen ist wie mir, nur scheint es in den letzten Jahren nur noch sehr selten vorzukommen, und vielleicht sterben solche Dinge im Laufe der Zeit aus. »Das ist aber der Grund, Charles, warum ich dir sage, dass ich nicht will, dass du dort in dieser Gasse Brombeeren pflückst – nein, und sie auch nicht isst. Und jetzt, wo du alles darüber weißt, glaube ich nicht, dass du es selbst noch tun willst.«

»So! Ab ins Bett mit dir, sofort!«

»Was meinst du Lucy? Ein Licht in deinem Zimmer anmachen? Auf keinen Fall! Zieh dich sofort aus und sprich dein Gebet, und wenn dein Vater mich nicht braucht, wenn er aufwacht, dann komme ich und sage dir Gute Nacht.«

»Und du, Charles, wenn ich etwas davon höre, dass du deine kleine Schwester auf dem Weg zu deinem Bett erschreckst, werde ich es gleich deinem Vater sagen, und du weißt, was dir das letzte Mal passiert ist.«

Die Tür schließt sich. Die Großmutter hört ein oder zwei Minuten lang aufmerksam hin und nimmt dann ihre Strickarbeit wieder auf.

Der Gutsherr schlummert noch immer.

Endnoten:

***1)** Die Miniaturbibliothek des Puppenhauses der Königin Mary (Queen Mary's Dolls' House) ist eine bemerkenswerte Sammlung winziger Bücher, die in den 1920er-Jahren zusammengestellt wurden, um eine richtige königliche Bibliothek in einem winzigen königlichen Haus einzurichten.

Die Geschichte des Puppenhauses:

Es war ein Geschenk für Königin Mary, Gemahlin von König Georg V. nach der die Idee der Cousine des Königs, Prinzessin Marie Louise, die wusste, dass die Königin gerne Miniaturgegenstände sammelte. Das 1921 eröffnete Haus wurde vom Freund der Prinzessin, dem berühmten Architekten Sir Edwin Lutyens, entworfen und mit winzigen, maßstabsgetreuen Gegenständen ausgestattet.

Queen Mary's Dolls' House hatte alles, was ein königliches Haus der 1920er-Jahre brauchte: eine Garage mit einem Miniatur-Rolls Royce, einen Tresor für die winzigen Kronjuwelen und Bäder mit Silberarmaturen, die wirklich funktionierten.

Im Keller gibt es sogar echten Wein in winzigen Flaschen und ein Grammofon mit sehr kleinen Platten, welche die Nationalhymne spielen.

Erstellen einer Miniaturbibliothek:

Ein solches Haus wäre nicht vollständig ohne eine Bibliothek. Von den fast 600 Miniaturbüchern sind 176 handgeschriebene Bücher oder Manuskripte, die von vielen der bedeutendsten britischen und irischen Autoren, Dichtern und Journalisten der 1920er-Jahre geschrieben wurden. Der Autor von Winnie-the-Pooh, A. A. Milne, schickte ein Exemplar seines Gedichts Vespers, das erste, das er über Christopher Robin schrieb, während Sir James Barrie, der Autor von Peter Pan, eine Autobiografie beisteuerte. Kriegsdichter wie Siegfried Sassoon und Robert Graves schenkten Bücher ebenso wie andere populäre Schriftsteller wie G. K. Chesterton und W. Somerset Maugham. Die Dolls' House Library enthält außerdem 774 Zeichnungen, Aquarelle und Drucke in Briefmarkengröße, die von führenden Künstlern in Großbritannien und Irland angefertigt wurden.

Auch Dr. Montague Rhodes James, Vorsteher des Eaton College und Autor dieses Buches, war mit der nachfolgenden Geschichte, Originaltitel 'The Haunted Doll's House', dabei.

*2) Guinee, Goldmünze im Umlauf mit einem Wert von 20 Shilling = 1 Pfund. Letzterem gegenüber im Wert je nach Gold- und Silberpreis, schwankend, meist darüber liegend. Im Gebrauch nur bis 1816; dennoch wurden noch lange danach Waren des gehobenen Bedarfs in Guineen ausgezeichnet.

*3a+b) Horace (Horatio) Walpole (1717-1797), war der 4th Earl of Oxford, ein Autor, Historiker, Schriftsteller, Antiquar und Mitglied der 'Whigs' (politische Partei). Er hat das Strawberry Hill House in Twickenham gebaut, mit dem der gotische Stil wiederbelebt wurde, lange vor seinen Viktorianischen Nachfolgern.

*4) Marcus Vitruvius Pollio, legendärer römischer Architekt, Ingenieur und Architekturtheoretiker.

*5) The Book of Common Prayer (vollständig, das Book of Common Prayer und Verwaltung der Sakramente und andere Riten und Zeremonien der Kirche) ist das offizielle Gebetbuch der Kirche von England und der anglikanischen Kirchen in anderen Ländern, einschließlich der Episkopalkirche in den Vereinigten Staaten.

*6) Als Restauration, auch Stuart-Restauration wird in der englischen Geschichte die Epoche zwischen 1660 und 1689 bezeichnet, als unter den Königen Karl II. und Jakob II. aus dem Haus Stuart die während des Englischen Bürgerkriegs abgeschaffte Monarchie wiederhergestellt wurde.

*7) Eine mutige Anglikanerin, die selbst zu Zeiten des Katholizismus oder gtanismus an ihrem Glauben festhielt und Gebetbücher benutzte, die nicht mehr länger erlaubt waren. Sie hatte dem Trinity College viele Gedichtbände, Dokumente und andere Geschenke gemacht. Sie wurde zur Inspiration für M.R. James für die Geschichte 'The Uncommon Prayer Book' [Das ungewöhnliche

196

Gebetbuch] – wie hier in diesem Buch abgedruckt. Der Autor wurde auf ihr Dokument mit den vielen bösartigen Bemerkungen zu Oliver Chromwell aufmerksam, als er die Manuskripte des Trinity College katalogisierte.

8) Mit 'Quarto' bezeichnet man die frühen 22 Einzeldrucke von 20 der Shakespeare-Dramen. Der Name entstammt dem Papierformat 'Quart' auf dem sie gedruckt wurden. Von verschiedenen dieser Stücke existieren mehrere Quartoausgaben.